你来一趟
这珍贵的人间

写不长 / 著

文汇出版社

图书在版编目（CIP）数据

你来一趟这珍贵的人间 / 写不长著. -- 上海：文汇出版社，2017.6
ISBN 978-7-5496-2046-3

Ⅰ. ①你… Ⅱ. ①写… Ⅲ. ①散文集－中国－当代 Ⅳ. ① I267

中国版本图书馆 CIP 数据核字（2017）第 055773 号

你来一趟这珍贵的人间

出 版 人 / 桂国强
作　　者 / 写不长
责任编辑 / 乐渭琦
封面装帧 / 粉粉猫

出版发行 / 文匯出版社
　　　　　上海市威海路 755 号
　　　　　（邮政编码 200041）
经　　销 / 全国新华书店
印刷装订 / 三河市京兰印务有限公司
版　　次 / 2017 年 6 月第 1 版
印　　次 / 2019 年 1 月第 2 次印刷
开　　本 / 889×1194　1/32
字　　数 / 144 千字
印　　张 / 7

ISBN 978-7-5496-2046-3
定　价：36.80 元

目 录

Chapter 1　之于父母，儿女都是不孝的

一代人来，一代人走，繁衍生息。父母的岁月年华换来儿女的丰满羽翼，而后者又总是很难体会父母的恩情，即使体会了又能做到多少呢？相对于父母，我们更心甘情愿地为下一代付出。

奶奶的河　/　003

儿女都是不孝的　/　010

父母在，人生才有娘家回　/　013

知道你名字的很多，知道你乳名的有几个　/　018

八岁时，爸爸送我一份受用终生的礼物　/　021

传奇远而粥饭近　/　025

饿，时间的老伤　/　028

被寂寞碾压的时间　/　033

Chapter 2 之于他人的爱情,旁人何须懂

那些杂乱的、过时的、扰乱心灵的经验,抉择时的焦虑、犹豫和痛苦,还有曾犯下的种种愚蠢和错误,无法细数,甚至早已忘记,它们被抛进时光的流水里,细涓成流,汇集成海。而大海之上,明月缓缓升起,北极星高挂,你操作舵轮,正驶向你想去的地方。

他们的爱情,旁人何须懂 / 039

不敢捅破窗户纸的人,都活该不幸福 / 044

火车上的艳遇 / 047

有些人生经验,让它见鬼去吧 / 052

你人都是我的了,还打什么篮球啊? / 055

势均力敌的爱情没有悬念,门第悬殊的爱情才有看头 / 060

你在偷窥谁?谁又在偷窥你? / 065

Chapter 3　之于青春，长大是岁月对自己的一种救赎

我在北京曾有过那么多的家，总是漂泊无定，却总是一心一意地生活，又华丽又粗糙，又幸福又笨拙。

没有合租过，不足以谈北漂　／　071

北京没有我的家，北京也有我的家　／　078

我曾以为，长大，是岁月给我的救赎　／　083

愿你被生活温柔对待　／　090

莫欺少年贫　／　095

砍价记　／　099

天了噜，从天而降一只猪　／　103

世界扑面而来　／　107

和抑郁症患者同住的日子　／　110

Chapter 4　之于家，给予你一生爱的地方也给你一身伤

生命无法回到起点，痛苦也不可能烟消云散，不必因为背负养育之恩就否认伤口的存在，但要学着治愈和引以为戒。告诫自己，不要做那样的父母，不要以同样的方式对待孩子，不要让孩子再延续这种命运。我们也许爱得笨拙，但也好过以爱为名的伤害。

也许给你一生爱的地方，也是给你一身伤的地方　／　119

记忆深处，永远吟唱的童谣　／　125

大雨之夜　／　130

小城无故事　／　132

噪声的记忆　／　136

带着孩子去旅行，你一定也遇到过这些尴尬事　／　140

我会管教犯错的孩子，但我绝不会打给你看　／　146

别让你爱的她被无休止的家务羁绊了梦想　／　151

Chapter 5　之于他们，时光里的人生百态

总之，那些遗憾和危机感铸就了需要终生填补的情感黑洞。虽然我自认为是个淡泊名利的人，不过多追求，也不会刻意俭朴，但淡泊名利与喜欢占便宜，在我看来，又好像是两回事，这真是无法解释的矛盾。

挖野菜小分队　/　157

下雨天和做傻事更配　/　161

喜剧之王李布丁　/　165

爱讲荤段子的冬梅妈　/　170

终于死去的小五婶　/　174

遭遇"鬼打墙"的老牛　/　181

从不亏待自己的女人　/　185

不占便宜会死吗？当然！　/　188

悲情不是卖点，希望才是　/　192

骗老太太上当指南　/　196

有多少性侵假以关心之名　/　203

是什么逼迫她们成为"泼妇"　/　207

李老爷流泪　/　211

有些人与生俱有的，

恰是另一些人费尽一生所为之奋斗的，

生活中的不平事，如何洒脱面对？

认真生活的人们，愿你被生活认真对待。

Chapter 1　之于父母，儿女都是不孝的

一代人来，一代人走，繁衍生息。

父母的岁月年华换来儿女的丰满羽翼，

而后者又总是很难体会父母的恩情，

即使体会了又能做到多少呢？

相对于父母，我们更心甘情愿地为下一代付出。

奶奶的河

从父亲记事起，奶奶就经常跟他说："我的老家有一条大河。"父亲问："娘，你的老家在哪？"奶奶答："不知道。"

奶奶五岁时，或者更小，她的父亲背着她离开老家，通过中间人，把她半卖半送给了养母——一个行为乖张、性格暴躁的寡妇。

奶奶向我的父亲回忆这些时，已经四十岁了，生育过十个孩子，却只存活了五个，爸爸是她最小的儿子。

三十多年来，她一直在寻找自己的老家。她记得村子西边有一条大河，她还记得家中的亲人们：有爷爷和父亲，有姐姐、哥哥和一个小弟弟，母亲已经因病去世。在有限的记忆里，她的母亲是温柔的、美丽的，与暴虐刻薄的养母相比，亲生母亲是菩萨一般的形象。

除此之外，她说不出关于老家的其他任何信息：村庄叫什么名字、在哪里、父母的名讳。在她还是不懂事的孩童时，因为母亲病逝，她从此在这世上失去了可信的依赖。她的父亲，亲手把她推出家门。

奶奶说：我的老家有一条大河。这诗一般的句子背后，是生命深处不甘心地追寻，浸透着被亲人抛弃的痛苦和血泪。

奶奶的养母性格怪异，脾气阴晴不定，稍不如意便对奶奶棍棒相加，饿肚子更是常事。有一次她外出走亲戚，便把奶奶反锁在家中几天，幼小的奶奶饿到最后，不得不吃灶坑里的草木灰充饥。

奶奶说："她当时是存心想把我饿死的，可没想到我的命那么大。"

从小到大，养母对奶奶从未流露过长辈的慈爱，反而极尽虐待之能事。奶奶长到七八岁的时候，便已成了家中的顶梁柱，白天下地干农活、推磨、做饭、洗衣，晚上还要就着一豆灯火做草编织品，以给养母赚家用钱。

身体已经极其劳累，又处在贪睡的年纪，奶奶在灯下做活，经常做着做着就会控制不住地打瞌睡，养母手边放着一根擀面杖，看到奶奶的眼睛合上，便狠狠地敲她几棍，敲醒后继续做，不完成当天要求的数量，就不准奶奶睡觉。

有时候并没做错什么，养母却因为心情不好而迁怒于奶奶。不给吃喝也就罢了，最恐怖的是寒冬腊月，养母把奶奶毒打之后，还要扒光衣服推到院子里，等奶奶冻得不省人事后再拎回来。

有些人，是不配做父母的，偏偏又阴差阳错地做了父母，于是，这无辜的孩子，便成了她/他报复命运的工具。

小时候，我听奶奶向亲戚们讲述这些细节时，被吓得大哭起来，连着几个晚上做噩梦。奶奶也曾因为不堪忍受非人的折磨而多次逃走。周围的乡亲们同情她，却无人能救她，人们对她做的最大的善行就是在她逃出家门后，收留她吃几顿饱饭，再把她送回去。

一天又一天，奶奶是怎么熬过来的？

不知老天爷是爱她还是恨她，竟然让她在地狱中长大成人，长成了那一带有名的心灵手巧的姑娘。无论做馒头、擀面条、包饺子，抑或是做鞋、做衣服、做草编织品，出活又快又好，做出来的成品总是同伴们效仿的榜样。奶奶十七岁那年，养母贪图彩礼钱，把她许配给大她二十多岁的爷爷。成亲后，奶奶的日子并没有好过多少，她的公婆延续着歧视和虐待，她的丈夫——我的爷爷——也从来没有爱护过自己的妻子。奶奶告诉我，她生完姑姑的第二天，便下地去推磨。没有娘家疼爱的媳妇，在婆家也是低人一等。

现实越是残酷，对亲人就越是抑制不住地思念，那种思念在黑暗的长夜里散发着微弱的光亮，慰藉着奶奶的心灵：她在世界上不是孤独的，是有血脉至亲的。

奶奶说，我的老家有一条大河……

她向丈夫说、向乡邻们说、向停留歇脚的路人说、向卖针头线脑的货郎说、向第一个出生的孩子说，一直说到第十个……她描述那大河浩荡，两岸风景秀丽，她的家就坐落在大河的东边。

她日复一日、年复一年地诉说，呓语一般，不厌其烦，逐渐成了人们心照不宣的一个笑话。

终于，在她四十岁出头的某一天，奇迹出其不意地降临了。

那天，她和平常一样，向来到村里接种牛痘的人说起时，对方说："你说的这个地方，和我去过的一个村子很像……"

接种牛痘的人，常年游走乡间，见多识广，阅历极其丰富，是乡亲们眼中的"能人"。

"下次再去时，我帮你打听打听。"他的话给奶奶的心里播下一颗希望的种子。

接下来的日子还是如常的艰辛，不同的是那颗种子发出了小小的芽，却又被奶奶拼命地压抑着，不敢让它疯长，害怕这又将是一次虚妄的等待。

因为接种牛痘有固定的行程路线，去每个村落也都有相对固定的时间，大约一年后，接种牛痘的人才来到奶奶的老家。他信守诺言，向前来接种的人们打听，居然真的问到了我的舅爷爷那里。虽然奶奶年幼离家，但我的舅爷爷、奶奶的弟弟，还记得这个姐姐，他确认信息之后，便徒步来寻找奶奶。三百多里地的路程，他一路流着泪走来，进了奶奶的家门，姐弟俩相拥大哭。

分别时还是姐弟四人，相聚时却已少了一位，哥哥因为成年后被抓去当兵，多年来生死不明；分别时都是孩子，相聚时额头都已长出白发。回归之路，漫长得曾让人无数次绝望；历尽艰辛，奶奶终于找到了老家,她老家的村子叫许孟村,现在隶属山东省日照市五莲县。

"我的老家有一条大河。"这记忆虽然单薄,却指明了方向,再困顿的日子也不至迷途。正是因为奶奶执着地寻找,我生命的一部分来源才不至于混沌。

和舅爷爷重逢之后不久,奶奶回了一趟老家。当时,奶奶的父亲还在世,在集市上摆一个茶水摊。得知奶奶返乡后,他一直避而不见。后来,在亲戚们的再三说合下,他才和奶奶见了面。奶奶流着眼泪质问他当年的无情,他坐在墙角,全程不发一言,没有一句道歉和牵挂的话。奶奶在经历将近四十年的苦苦追寻之后,终结了对父亲的想象,不再留一点儿念想。

让人欣慰的是,我们与舅爷爷、姨奶奶家一直保持着良好的关系,后辈们也经常往来。

奶奶没有上过一天学,生活悲苦,受尽欺侮,她发誓不让自己的孩子重蹈覆辙。奶奶的五个孩子都被她陆续送进学校,省吃俭用地供着读书,即使在送女孩子上学被乡亲们取笑的年代,她也坚持着自己的做法。从20世纪50年代开始,我的伯伯、姑姑和父亲,相继走出农村,在城市里谋得一份不错的职业。

我像奶奶离家时那么大的时候,曾经回过她的老家,见到了奶奶说的那条河。那真是一条美丽的河,怪不得奶奶对她念念不忘。清晨,奶奶带我来到河边,用清凉的河水给我洗脸。我脱了鞋,走进浅水处,小鱼儿很多,慌乱地碰撞着我的小腿。河道非常宽阔,河水清澈见底,妇女们在河边洗衣服,大声地说笑着。奶奶说,她的妈妈，当年也坐在河边的石头上捶洗着衣服，与大娘、婶子们亲热地说着笑话，也给年幼的奶奶温柔地洗脸，再撩起衣襟给她擦干。

虽然最终找到了亲人，但被抛弃、被虐待的经历给奶奶留下萦绕一生的痛苦。在她去世前，和我的父亲说起她的养母时，奶奶还悲愤不平地说："我还是个孩子，她的心怎么能那么狠？"

几年前的冬天，我又回到奶奶的老家，那条河已经干涸。在这之前，它可能流淌过几百年，甚至上千年，见证过许多悲欢离合。我设想一个小小的女孩，因为母亲突然病逝，整日哀伤啼哭。突然有一天，她的父亲说："走，我带你找你娘去。"便背起她，沿河一路向北走去。小女孩满怀希望地趴在父亲的背上，幸福地憧憬着和娘亲的相聚。

夕阳如血，染红了河水。

这一走，就是三百里。这一走，就是将近四十年的光阴。这一走，生命的痛楚终生相随，从未愈合。

如今河床已被荒草淹没，被风吹得嗖嗖作响，天空下起了雪，雪花静静飘落，慢慢覆盖了河床。在后代人的记忆里，他们的故乡不会再有一条蜿蜒流淌的大河，顶多只是一条裸露废弃的河道，当然他们也不会知道这条河，对于一位老人的意义。这是奶奶的生命之河，她给三个儿子起的名字都与水有关，以此纪念自己心中的河。在她寻根的漫长岁月里，这条大河日夜奔流，呜咽不止，呼唤着她的乳名，倾诉的全是思念和不舍。

我的奶奶，生于1911年，故于1994年。养母给她起的名字叫付秀英，其实她本姓董。

奶奶的河，叫渭河，发源于山东省五莲县的马耳山，流经许孟村边，往北注入潍河，最终奔向广阔的渤海。

儿女都是不孝的

20年前的五一前夕,姐姐从北京打回电话:爸爸妈妈,我想你们了。

差不多也在那几天,姥姥托人给妈妈捎来口信:想你了,有时间回趟老家吧。

虽然长假前夕一票难求,虽然姥姥只是在八十里之外,但爸爸妈妈还是向着八百公里之外的北京出发了。

在潍坊上车,买的还是站票。车进站后,人多得从门口根本挤不上去。

爸爸当机立断,从车窗里爬进去,转身又拉我妈。妈妈胖,爸爸因为爬窗户已费尽力气,怎么也拉不进来。眼看车就要开了,我妈还悬在半空中直蹬腿,她回头看见旁边有位工作人员,便说:"同志,麻烦你推我一把。"

那人斜眼看着我妈,回答道:"推你?我不把你拉下来就不错了。"

无奈之下,我爸赶紧发动周边群众,七手八脚把我妈拉进窗户。刚进来，车就开动了。

饶是刀山火海，父母去看儿女的心情也是如此义无反顾。

姥姥后来知道这件事，乐了，评价了几句，大体意思就是："儿女都是不孝的，一辈辈都是这样的。"

妈妈说起她小时候的一件往事：妈妈的姥姥，那一年都快70岁了，不知谁给老人家一个白面馒头，她送来给我妈妈吃，放下就走了，来回十几里地，老人家一双小脚，全是走着的。

妈妈说，她因为小时候尿湿了新棉裤，被姥姥骂过，所以对她并不亲近，现在同样也快70岁了，才想起姥姥对自己的好，自己又是多么的不懂事……

我小时候跟着奶奶长大，到了睡觉时间，一定要拉着奶奶的胳膊才睡得着。如果奶奶有事出去了，我就不睡，一直等到她回来才行。这样睡到初中才分开，我很快就适应了，奶奶却难受了好长时间。有时半夜起来，还到我床前来，给我盖盖被子。

有一次出去实习，去了两周没回家。一天早上，奶奶端起饭碗就掉眼泪了，她说想我了。爸爸赶紧给我打电话，让我回来看看。

而我，慢慢长大，结交了新朋友，渴望着走出奶奶的目光，去见识更广阔的天地。

这些往事，是碰都不敢碰、想都不敢想的。

一代人来，一代人走，繁衍生息，父母的岁月年华换来儿女的丰满羽翼，而后者又总是很难体会父母的恩情，即使体会了又能做到多少呢？相对于父母，我们更心甘情愿地为下一代付出。

儿女都是不孝的。

父母在，人生才有娘家回

姥姥去世的前一年，妈妈陪她回了趟娘家，就是妈妈的姥姥家。

当晚睡在舅姥爷家的炕头上，姥姥激动得彻夜未眠。第二天清晨，她对妈妈说："夜里我数了数，后街上跟我同一茬的闺女，就剩我一个了。"

那年姥姥80多岁了，躺在自己出生的地方，思念如潮。

她在半夜里坐起来，回忆着自己在这里长大、出嫁，爹娘对她的好，扳着手指数着童年时的伙伴，有几个怎么也想不起她们的乳名。就这样，一夜不得安睡。

在我们老家，正月初三、夏至后入伏、春秋赶庙会，都是闺女回娘家的时节。

在那之前的半个月，妈妈就开始做准备了。一包点心、一盒奶粉、两瓶罐头，给姥爷买的棉鞋、给姥姥扯的面料，每件礼物都是精心准备的，一点一点地把皮包的空间塞满。孩子和丈夫的出门行头也早已挑选出来，清洗干净，待到回娘家那天，一家人收拾得立立整整的，以最佳面貌出现在乡亲们面前，爹娘的脸上也有光啊。

萧红在她的《呼兰河传》里，有一节描述的是秋天看大戏时，闺女回娘家的场景。出嫁的女儿回到娘家，见到久别的父母与姐妹，表面是冷静的，内心却火热无比，千言万语凝结在心头，却只说出一句："你什么时候回来的？"一家人团聚在一起，拉着家常到三更半夜，那话总也谈不完，那叮咛总是说不够，这情这景，是几十年后妈妈回娘家的翻版。可见，古往今来，从南到北，天下所有的女儿回娘家都是一样的。

有娘家可回的女儿，跟丈夫吵架总是有底气的，气不过了，一摔门："我回娘家了。"其实也不是真回，但却是个安慰，娘家是自己委屈的安放地，日子再难，想想双亲，有了退路也有了盼头。

想起有一年的暑假，我和妈妈一起回姥姥家。进了村子，妈妈脚底生风，在熟悉的小路上左拐右转，我不得不一溜小跑跟在后面。终于拐进姥姥家房后的胡同，看见了姥姥家的房子，妈妈加快脚步，走到后窗下，抬起头喊了一声："娘！"

"哎……"那屋里传出了惊喜的应答。

姥爷和姥姥相继去世后，家里的老房子从此无人居住。前年，我和妈妈、舅舅一起回去。打开门，所有家具都还在原来的地方，只是布满灰尘，又凄凉又温暖。恍惚间，觉得姥姥会笑着从屋里迎出来，接过妈妈手中的包，略带埋怨地说："怎么才回来，等你们一个上午了。"

生我那天，妈妈独自走去医院。

妈妈经常回忆生我那天的情景。

那天，她在学校给学生上完早自习课，去食堂买了早餐，刚喝了一口粥，肚子就剧烈地痛起来。妈妈向教导主任请假："我去医院看看。""去吧，我给你把课调到第四节。"教导主任很贴心地回答。

一步一挨，妈妈独自走到了医院。一进医院大门，妈妈大吃一惊，触目所及之处，全是女人，哀号声、骂声不绝于耳。当时，计划生育虽然刚刚启动，但在胶东地区开展得轰轰烈烈，势如破竹。这几天，计生委的工作人员分别带着各乡镇的适龄和超生妇女来做结扎、流产、引产手术。县医院门口停满了卡车、汽车、板车、三轮车、马车、牛车、驴车等各种车。妇女们被用各种交通工具带到医院，据说还有中途跳车摔断腿的，为防止有人逃跑，医院门口派有专人把守。一看这情景，妈妈不知紧张还是怎么，突然痛得站也站不住了，想找个医生问问情况，可所有的妇产科医生不是在做结扎手术，就是在做流产或引产手术，护士们跑来跑去，像陀螺一样忙得团团转，正经的产妇反而顾不上了。床位根本不够用，只得动用了隔壁县委的大礼堂，用木板搭起简易的床铺，一张张紧密相连，偌大的礼堂没有一点儿多余的空地，做完手术的妇女就被送到这里来。那些病床边连条布帘都没有，隐私更是一点儿也谈不上。这里所有人的所有痛苦，无论是精神还是身体上的，都被一览无余、熟视无睹。终于，妈妈找到一个床位躺下来。阵痛袭来，妈妈痛得大汗淋漓。一位女医生被叫到妈妈面前，拖拽着两只手，手套上全是鲜血，她是从手术室里直接跑过来的。她低头看了看，说："快生了。"妈妈说："啊，医生，我第四节还有课。"医生对身边的护士说："一时半会儿生不下来，先去那边。"然后，她们又离开了。

陷入困境的妈妈，拖着痛苦的身体四处寻找，终于找到一位来看病的街坊。妈妈拜托他先到学校给自己请假，再回家给我奶奶报信。

妈妈叮嘱街坊："你跟我娘说，我早上没吃饭，只喝了一口粥。

那位街坊按我妈妈所说的，先去了学校说明情况。那个时代的人们，工作高于一切，集体利益重于泰山。很多现在看来匪夷所思、难以接受的事实，在当时被视为理所当然。

奶奶得到消息后，赶紧煮了十个鸡蛋，再带着水和早已炒好的芝麻盐，紧颠着两只小脚送到医院。见到我妈时，妈妈因为又痛又累又饿，已经说不出话了。奶奶把剥皮的鸡蛋递给妈妈。其实，是一口都吃不下的，可如果不吃，就没有力气生产。妈妈两口一个，像吃药一样，吃下了十个鸡蛋。

多亏了这十个鸡蛋，临近中午时，我出生了。

那天的很多妈妈，经历着和妈妈同样甚至更强烈的痛苦，却不是因为得到，而是失去。

多年后，我生宝宝的那天，半夜十二点进了医院。妈妈拒绝我让她在家等消息的建议,执意陪我一起去医院。凌晨四点,我被推进产房,中午十二点,生产结束。八个小时中,妈妈一直坐在产房外的硬塑料椅子上,焦虑不安地等待着。

其间,她打了一个盹,家人给她拍了一张照片。照片中的妈妈,头微微低垂,花白的头发披散着,怀里紧紧搂着我的皮包。

知道你名字的很多，知道你乳名的有几个

我家有个远房亲戚，比我大 30 多岁，可论辈分我是他姑，他是我侄儿。

老辈儿的农村人讲究礼数。小时候，我背着书包上学去，他父亲见到我便打招呼："妹妹，上学去？"他下地干活遇见我也会很自然地问："姑，学校都响铃了，你还不快跑？"

他的乳名叫大鼻涕，听说是因为从小就拖着两条长鼻涕。起初是外号，久而久之就成了名字，他的爹娘也跟着这样叫，原来的乳名早已被淡忘了。

大鼻涕的儿子和我同校，我上一年级时，他已经上六年级了。他来我家借个什么东西时，既不好意思叫我姑奶奶，也不便直呼名字，每次都是哼哈两声应付过去。

离开老家多年，亲戚走动得越来越少。去年春节，接到一个电话，是个陌生的男声，我正纳闷，那边热情地说："姑奶奶，我是大鼻涕的儿子啊，还记得我吗？"

怎么可能忘呢？这乳名就像一组密码，为我打开了旧日时

光,我的记忆马上回到童年时的上学路上,大鼻涕正扛着锄头向我走来。

我姐姐的乳名有点儿奇怪。所有第一次听到的人都会惊讶一下,脸上的表情分明在说:怎么叫这样的名字?继续努力掩饰笑意。

少年时的她非常排斥自己的乳名,一再要求爸妈无论在家还是在外,都要称呼她的学名而不是乳名。

某天,她和妈妈一起去逛市场。两人走散了,妈妈在拥挤的人群中,大喊着她的乳名,四处寻找。姐姐在不远处听到,就是不回应,因为实在不喜欢当着众人,暴露自己是这奇怪名字的主人,她等着,希望妈妈能够记起自己的叮嘱——称呼学名。

可是,妈妈始终没有这个觉悟,叫声越来越慌张,情绪越来越失控,引得周围人纷纷侧目。姐姐怕事情闹大,不好收场,只好默默地走到妈妈身边,拍拍妈妈的肩膀,表示自己就在身旁,一切安好。妈妈又气又急,差点儿打她一巴掌。

姥爷有个童年玩伴,乳名叫野猪,长得慈眉善目,外貌与名字大相径庭。

有一年春节前,他撺掇着姥爷写春联,两人拿到集市上摆摊卖,生意还不错。

两位60多岁的老人在寒风中站了一天,回家后发现,竟收了一张大面额的假钞,收不抵支,白白喝了一天的西北风。

两人互相埋怨。姥爷说,你个野猪,眼神不好,收了钱也不检查检查;野猪说,人家一夸你字写得好,你就美上天了,恨不得白送人家,从小就没心眼。

姥爷郁闷得心口疼,野猪也气得吃不下饭,两人三天没说话。

第四天,野猪来了,京胡吱吱呀呀地拉起来,姥爷和着他的伴奏,唱起了"我本是卧龙岗散淡的人,凭阴阳如反掌保定乾坤……"

八岁时，爸爸送我一份受用终生的礼物

自从我毛遂自荐成为"剧不终"公众号的专栏作者之后，本是随性而为的一件小事，却在父母那里掀起波澜。

为了便于联络，爸爸很早就加了我的微信，我写的那些不值一提的文章，却被他们视为珍宝，一读再读，让我好不惭愧。

前段时间，收到爸爸寄来的一份快递，打开一看，爸爸把我在公众号发布的文章下载之后，以他写论文的认真和严谨，给我重新编排，装订成册，错别字和病句标注清楚，更正了不准确的日期和数字，补充了遗漏的重要信息，还配上家中几张老照片，以丰富文字的画面感。

哦，爸爸……

小学二年级时我的生日那天，爸爸给我和姐姐每人一个蓝色的笔记本，那本子体积小巧，还没有爸爸的巴掌大，封面上画着两只仙鹤，站在白云间，姿态优雅，怡然自得，旁边还点缀着几丛松枝。

翻开封面，爸爸在扉页上写了我的名字和当天的日期，姐姐的也是。

爸爸说："从今天开始，你们学习写日记吧。"

"什么是日记？"

"就是每天写点儿有意思的事。"

于是，我人生中第一篇日记记录的是爸爸妈妈带着我和姐姐，参加了县里文化馆组织的五一劳动节游艺会，我玩投球游戏，投了三个球，全都没有投中，但我很开心……

其实，我开心的不是因为参加了游艺会，而是因为爸爸妈妈的陪伴；球投不中我也很开心，是因为爸爸妈妈在旁边鼓励我，这就是孩子感受到的快乐。但在当时，我无法用文字准确表达出这种情绪，只会用那些歪歪扭扭的字描述大概的经过，遇到笔画复杂的就用拼音代替。

那些日记，现在看起来充满童趣，但是当时，对于年幼的我们来说，写日记真是一件苦差事。

那时，我对日记的理解是：要写有意义的事。这个"有意义"的标准害苦了我，作为小孩，我最喜欢的就是玩，每天哪来那么多有意义的事？

但父命难违，每晚写完作业，我和姐姐摊开日记本，努力地想今天这篇日记怎么写，绞尽脑汁地想、愁眉苦脸地想、呵欠连天地想，最后总算在半梦半醒中写完，扔到爸爸的写字台上，瞬间马上清醒，还能看会儿闲书再睡。

每天晚上十点多，爸爸妈妈才从学校回到家。夜已深，人已疲惫，但回家后第一件事就是先看我和姐姐的日记，用红色的蘸水笔标注出错别字和病句，并给日记打分，然后放在我们的枕畔。

第二天醒来，忙不迭地翻开日记本，如果发现得了一个优+100分，开心又得意。

每个月末，爸爸还会就这一个月来我和姐姐的日记撰写情况写一个月度总结，指出我们的进步与不足，提出他和妈妈的建议。总结中的有些字我们还不认识，爸爸会用山东普通话一字一句地念给我们听。

与日记一起而来的，还有另一件苦差事——背诵诗词。

每周一，爸爸会用硬卡片抄写四至六首诗词，每张卡片上写一首，交给我和姐姐，要求每人至少背过两首。到了周末检查，如果能够流利地背诵，就在卡片上盖一个"奖"字的红章，奖励给我们做纪念。

对于写日记和背诗词，我曾经非常不满。为什么别人家的孩子不用这样做，我却日日受此煎熬？我在日记本的封面上用蜡烛烫了一个洞，在扉页上画了一个很丑的小人，弄脏写着唐诗的硬卡片，用孩童的伎俩表达我的抗争。

这两件事，日积月累，效果显而易见。我和姐姐的作文成绩一直不错，也曾获得过一些奖项。那时候爸爸要求背诵的诗词，潜移默化地成为我身体的一部分，随时都能信手拈来。现在，我经常向有孩子的朋友推荐这两项经验，童子功，自有过硬之处。

我没有天赋和机遇成为一位知名人士，除了我的父母，没人会在意

我的存在，更没人记录我的一生，但我自己可以。

在1983年5月1日的那一天，在爸爸的引导下，我开始记录自己的历史：我和爸爸妈妈出去玩了，我长高了，我发烧了，我和姐姐吵架了，叔叔送我一只小鸟，我把爸爸的杯子打碎了，我又没评上三好学生，我在儿童节表演节目了……

爸爸用他的督促和坚持，给30多年后的我一份回味悠长的礼物。

我家是传统的知识分子家庭，对父亲敬畏有余，亲近不足，爸爸常觉遗憾。年轻时忙于工作无暇顾及，上了年纪后他常用一些略显笨拙的方式来表达对我们的爱意，就如这份打印出来认真批注过的作品集。他戴着花镜一字一句地斟酌修改，仿佛回到多年前的晚上：他从学校归来，我和姐姐已经睡下，他在灯下批注我们的日记。哎，闺女，你又写错一个字……

传奇远而粥饭近

这是《舌尖上的中国》总导演陈晓卿的一个演讲的题目，我深以为然。

我们对亲人的记忆，很多与美食密切相关。在电影《海欧食堂》中，女主角曾经说过这样一段话，大体意思是：我的母亲去世早，父亲不擅长家事，家务活都是我做。但父亲每年一定会给我做两次饭团便当，一次是运动会，一次是郊游。

想象一下，不谙家事的父亲，在透着微微晨光的厨房里，笨手笨脚地给女儿做饭团，那饭团不见得美味，厨房也可能因此而乱七八糟，却是女儿童年最温暖的记忆，当她人到中年，品尝过无数人间美味之后，依然觉得朴素无华的饭团是最好吃、最安慰人心的食物。

我的妈妈可以称得上是"厨房达人"，可是曾经，妈妈的烹饪手艺不敢恭维，色香味全无，只是奉行一个标准"熟了，能吃"。妈妈从小住校在外读书，很少有机会下厨房；成年后，她的工作繁忙,根本没时间下厨房。所以,"妈妈不会做饭"是我童年和少年时对她的印象。

可是,自从妈妈退休后,花了大量的时间来研究美食,厨艺日益精进,逐渐在家族中建立了良好的口碑。她有一个小本子,随时记录一些美食食谱和烹饪小技巧,戏称"厨房秘笈",并依此做出很多让家人大快朵颐的美食,代价是全家人的体重飙升。

学生时代,我曾经被誉为"面王"——宿舍里煮方便面最好吃的人;单身时,我的厨房基本就是摆设,除了烧开水,我很少光顾。可是做了妈妈后,我也变得像我的妈妈那样,留意各种美食节目,买回各种料理书,力求做出最适合家人口味并且健康的饭菜。当然,我还珍藏了妈妈赠予我的各种"厨房宝贝"。

几年前,妈妈来京小住,我把她从火车站接回来。一堆行李中,直楞楞地杵着个长长的擀面杖,是奶奶在世时就用的。"这是枣木的,用着顺手,我给你擀面条吃。"妈妈说。她还给我做了床新被,一打开,赫然出现一个长相憨厚的高压锅。看到我的眼睛瞪起来,妈妈忙不迭地解释:"用高压锅做米饭,可香了。"打开旅行箱,里面居然还掖了一根小擀面杖,也是奶奶留下的传家宝,"用它包饺子,你不知道有多顺手。"

爸爸负责打包、送站,妈妈负责"押运",这些"厨房宝贝"们从老家来到北京,就是为了让妈妈的厨艺得到最好的发挥,让我吃上最爱吃的饭菜。

拥有同样经历的,还有我身边的同事和朋友。

同事的表弟来京，肩负姑妈的重任，将案板和一口好锅千里迢迢地带给她。虽然她的厨房里已经置办了一整套的新式锅具，案板也是大中小各种尺寸齐全，但当妈的坚持：我要把我用得最顺手的给你。

前段时间，一位朋友离开北京回老家工作，临行前，她的妈妈在电话中千嘱咐万叮咛："把我给你的面板带回来，那个面板可好使了。"

而我的妈妈，只要身边有自己的"厨房秘笈"和几件称心的"厨房宝贝"，可以说是走遍天下也不怕。有了它们相伴的厨房，即使是在人生地不熟的异乡，妈妈也格外有底气。以做满汉全席的自信和气势，炒一碟可口的醋熘白菜、酱一锅汁浓味鲜的红烧排骨，再配上一盘色泽金黄、外脆里嫩的水煎包。把这些饱含爱的饭菜端上桌，妈妈坐下来，围裙也忘记摘下，满足地看着我大口吃饭的样子。

饿，时间的老伤

饿，是父母在青春期最鲜明的记忆。

他们生于战乱年代，长在饥饿时期。在像竹子拔节生长的年纪，他们遇上了那场为期三年的大饥荒。

妈妈背着书包进门："娘，今天吃什么？"

"在锅里。"姥姥忙着手里的活儿，头也顾不上抬。

其实闻着味儿就知道是什么，只是不甘心多问一句。打开锅盖，里面是一团棉絮一样的东西，那是大白菜最外面的那一层贴地干枯的叶子，薄如草纸，姥姥洗干净后蒸熟给自己和孩子们充饥。妈妈说，那东西看着像棉絮，吃着也像，咬不烂嚼不碎咽不下。不想吃？家里没有其他食物可以填充饿扁的肚子。就连这点儿吃的，也是姥姥来回乘一天船，踮着一双小脚，奔波十几里地，去牡丹江南岸菜地里用双手从土里扒出来的。去的人很多，人人都像疯了一样，埋头使劲刨地，向贫瘠的大地索取着。

姥爷难得休一天假。在大饥荒的冬天，当他休假时，会带着十几岁的妈妈天不亮起床，坐一个多小时的火车来到牡丹江市郊外的荒山野岭。森林已被大雪覆盖,天湛蓝,雪晶白,天地寂静得可怕。姥爷不敢往里走,只带着妈妈行走在森林的边缘,扒开近一米厚的积雪,找到雪下还未腐烂的椴树叶,收集在袋子里。回到家,姥姥洗一洗,掺点儿玉米面,又能吃几天。

正经吃的东西要留着给姥爷,他是市建筑公司的八级技工,每天要拉大锯,要搬运肩扛比自己腰还粗的木头。一家五口再加上在山东老家的妈妈的爷爷和奶奶,都靠姥爷一人出大力挣来的工资养活。糠菜糊口,勤俭持家,不从嘴里省从哪里省?这是不认字的农村妇女支持自家男人最质朴的做法。

同样,饥饿的阴影也笼罩着生活在胶东农村的爸爸。早晨,爸爸吃了一小把地瓜干去学校,饿着肚子听一天课,放学后,甚至没有走回家的力气。有一次,在路上走着走着,大风刮起来,帽子吹掉了,紧一阵慢一阵地随风滚向荒野,爸爸连跑过去追的力气也没有,只能慢慢跟着走,总算有个小土堆把奔跑的帽子拦住了,这才得以捡回来。晚饭喝了一肚子稀粥躺在床上,一翻身,肚子里咣当作响,长夜漫漫,饥饿像只恶鬼紧缠在身上。怎么熬啊?十三岁的少年愁得慌。

1960年秋天,家里只分了大半筐地瓜,难以度日。当时,我的爷爷双目失明,我的奶奶是小脚,并且年事已高,无法从事重体力的农活,伯伯又在外读大学,考虑到这些,十四岁的爸爸辍学回家,每天起早贪黑,走遍附近的田地和荒山,寻找一切可吃的东西:地瓜、花生、豆粒、菜帮、菜籽、阜根、干帖的瓜叶和瓜藤。为了争得土里刨出来的一小块地瓜或是萝卜的所有权，他不止一次和别人打架。直到大雪封山，爸爸才又背起书包，回到教室。

春节过后，村里的大多数人家已经无粮可吃，也无菜可充饥。乡里把花生皮和地瓜藤蔓碾成粉末，每家分了半袋。奶奶掺上一点儿草粉、地瓜面，用它做了一锅团子，其实根本团不成形，只能捧在手里吃。那天，有两位街坊来我家，她们都是孤寡老人，饿了好几天，求奶奶给点儿吃的。奶奶端出这个，两位白发老人双手捧着，不抬头地吃了几大口，噎得喉咙里不时发出"哊，哊"的叫声，几近窒息。奶奶赶紧给她们递上一碗水，叮嘱她们慢慢吃。两位老人喝了几口水，努力伸直脖子，艰难地把食物吞咽下去。此时此景，过了五十多年，爸爸回想起来依然悲伤不已。自己觉得难以下咽的东西，两位老人竟狼吞虎咽，视若美食佳肴，可见当时有很多人家过得比我们还要艰难。

1961年春天，爸爸再次辍学，带着失明的爷爷、小脚的奶奶，从胶东老家出发，横穿中国，远去新疆逃生，投奔万里之外的二姑。人活着，但凡有点儿盼头，怎么也不会在古稀之年将自己连根拔起去往异乡。但是，因为强烈的求生欲望，爷爷和奶奶像两个孩子，跟随着未成年的小儿子出发了。

火车一路西进，才知道大饥荒如此触目惊心。在胶东，好歹有口吃的，而深入中原大地后，发现有些地方连树皮都没有了。火车每停靠一站，立刻有几十双手伸到车窗前，窗下是不忍直视的几十双饥饿的眼睛，每个窗口都是如此。车上善良的旅客们，从自己不多的口粮里，掰下一点儿，再分成几份扔下去，瞬间就被一抢而光。女人抢到一点儿吃的，马上塞进背上孩子的嘴里，自己舔舔手指，再向上伸出手去，希望再遇到一位好心人。

不远处，还有些人跪着或爬着乞讨，或是因为病，或是因为严冬冻坏了腿脚，他们站不起来了，也根本挤不到窗前，得到食物的机会更是微乎其微，爸爸总是把食物远远地抛向他们。在饥饿面前，人还不如一只虫子活得有尊严。

火车停靠在兰州站，那是进入新疆前的最后一个大站，站外滞留着无数逃难的人，初春的夜晚寒气逼人，但有很多人为了一口吃的，把身上的棉衣脱下来换钱。

饿，已侵蚀到少年父母的骨髓里，那种对饥饿的恐慌，蔓延到食物之外的一切事物，伴随终生。即便当他们上了年纪，生活在这个丰衣足食的年代，但一旦出现某种资源紧缺众人争夺时，父母记忆深处的饥饿感，就像一块烙铁，瞬间烧红，触烫他们的神经，激发出极大的危机感。

那些每个凌晨都是被强烈的饥饿感叫醒、饿得头晕眼花的日子好像过不去了，可就那么过去了。一切好像发生在昨天，一转眼就成了往事，成为每天向儿孙唠叨的话题：那里有风雪夜归的姥爷，给妈妈带回的一小片肉；也有当孩子喊"娘，我饿了"时，做母亲的从怀里掏出最后一口菜饼子，塞进孩子的嘴里。我的父母,就是这样长大的。

上海世博会,我和爸妈去参观台湾馆,在许愿环节,年轻人一哄而上抢占位置。爸爸慌了,他自己占住一个位置,又伸长胳膊,以极其难看又难受的姿势,费力地也给我占住一个,大声地召唤落在人群后边的我,以便我也有机会站在许愿台前许下心愿。当时,我觉得很丢脸,白了他一眼。

在抢占位置的那一瞬间,爸爸就像少年时捍卫得之不易的食物一样勇猛,忘了那只是一个小小的游戏。事后,在我记忆的多次回放中,我希望这样编剧:把面子先放一边,走过去谢谢他,宽慰地说声:"爸爸,别着急。"

被寂寞碾压的时间

暗地里,豆子奶奶和李奶奶被我们戏称为"两尊门神"。

每天下午四点之后到日落之前的这段时间里,她俩便陆续出现在家属院门口。豆子奶奶多是站在大门一角,嘴里嚼着零食,笑嘻嘻地和所有路过的熟人打招呼;李奶奶则把守另一边,面容冷峻,不发一言,坐在石墩上跷着二郎腿,一支接一支地抽烟,抽完了,续一支新的,烟头随手一弹。她俩既不是同盟军,也不是死对头,只是凑巧都选择这种方式消磨时光而已。

进入冬天,再大的风再大的雪,也不能阻挡两位老人的出现。豆子奶奶套了一层又一层的各种厚单衣服,把自己包裹得像颗卷心菜;李奶奶穿件已有几十年历史的老棉袄,领口蹭得锃亮,袖口露着棉絮,饶是这样,也丝毫不减她神圣不可侵犯的气场。

我骑车路过,停下跟她们打招呼:"豆子奶奶、李奶奶,冷不冷?"

"不冷，不冷，"豆子奶奶翻起外套向我证实，"我穿得可不少，这下面是件小棉袄，这是夹袄，这是衬衣，里面还套了两件秋衣，一点儿也不冷。"

李奶奶吐出一口烟，冷峻地看我一眼，清瘦的脸上没有任何表情："回来了。"说完，把头转向一边，继续看着人来人往的街道。

朋友来我家里玩过几次，也注意到大门外这两位奇怪的老人，她问我："她们脑子有问题吗？"当然不，她们在同龄人中属于相当聪明、相当能干的人，不仅过去，现在也是。

豆子奶奶是家庭主妇，因为是教师家属，在攒够政策要求的年限后得以将户口农转非来到城市；而李奶奶则是退休的特级教师，一生从未离开过城市，几十年来一直居住在这个家属院里。她们的生命轨迹从何时开始如此接近的呢？在这之前，她们曾经无限地远离，像隔着几万光年的两颗恒星。

时光往前。豆子奶奶的老伴在城市教书，豆子奶奶在乡下种地，她也独自照顾公婆，拉扯几个孩子，那时她被称为豆子大婶，天生一副好身板和爽朗的性格，即使男人不在家（一介书生，在家也帮不上忙）挣工分的时代，她也从不落于人后，土地承包后，她家的责任田里几乎没有杂草。如果谁欺负她，她能堵在人家门口，不歇气地骂一天。满口的荤段子；聊到兴起时，她和几个老娘们把挑衅的小伙子的裤子扒掉也是有的。

那段时光里的李奶奶，被称为李老师，站在三尺讲台上传道解惑，学生们像一茬茬的庄稼，年年来，年年走。年轻时的李奶奶漂亮得惊人，但不修边幅，衣服上不是油渍就是墨水迹，粘片葱花算是干净的。她严厉而有才华，学生们怕她又敬她；冷漠又高傲的性格让同事们望而生畏，对领导从不迎合从不屈就。她对所有人都不亲近，包括自己的丈夫和孩子，孤独的样子与生俱来，不屑改变。在动乱的时代，她被造反小将们强令穿上一件纸糊的衣服扫大街，衣服破了也不能脱下，随着扫街的动作"哗啦哗啦"响，李奶奶对负责看守的红卫兵说："革命小将，给我点儿糨糊粘衣服吧。"那是她一生中为数不多的求人时刻。有那段岁月垫底，现在的李奶奶穿着袖口露出棉絮的衣服也从容淡定。

时光再往前，李奶奶大学刚毕业，资产阶级的大小姐，被子不会做，衣服不会洗，可就是漂亮得惊心动魄。在众多的追求者中，李奶奶选择了她的丈夫，一位有才华的穷教师，脾气好得出奇，对所有人都透着耐心，李奶奶随他来到这所胶东小城的中学，也当了一名教师。

那时的豆子奶奶第一次相亲，爹妈整夜为难：当教师有个国家户口挺好，就是家里太穷。可豆子奶奶愿意，有学问多好，我干活他在旁边看书，这幸福的情景想想就美。两位奶奶人生交际的缘分就从这里开始了。

几十年后，李奶奶退休了，豆子奶奶进城了。她们曾经苦心经营的一切，以一种看似辉煌的方式结束，李奶奶有一个隆重的退休仪式，豆子奶奶则是在乡邻们羡慕的眼光中坐上卡车，以城市人的身份离开故乡，住进楼房。接下来，豆子奶奶发现，除了农活，自己一无所长，她讲的笑话别人都听不懂；而李奶奶，一辈子只有教书一个爱好，同事关系淡漠，儿女疏离，孙辈也没耐心照顾。再之后，她们两人在这里相遇，每天坐到日落回家，彼此很少交谈。

我从食堂买了几个馒头回来，大风天路上行人寥寥，豆子奶奶站在老地方，手抄在袖子里，兴致勃勃的样子，看见我便笑嘻嘻地问："小嫚（读 xiǎo mān，女孩的昵称），问你个事。"

"什么？"

"听说书上有个嫦娥奔月？"豆子奶奶表情热切地期盼答案，我却被问得摸不着头脑。

"俺孙子说，书上有嫦娥奔月的故事？"

"哦，好像有。"

"我小时候听俺奶奶讲过这个，现在书上也有写了？"

"是。"

我讪笑着走开，她在身后继续说："说是吃了什么药飞上天了……"后面的半截话被风刮跑了。回头看，另一边儿的李奶奶正在低头拍打外套，可能风太大把烟灰吹到了身上。

在两位奶奶这里，时间好像静止一般，每一天都被碾压得特别长，远离一切曾经熟悉的事物，她们以这样的方式排解着挥之不去的寂寞。

Chapter 2　之于他人的爱情，旁人何须懂

那些杂乱的、过时的、扰乱心灵的经验，

抉择时的焦虑、犹豫和痛苦，

还有曾犯下的种种愚蠢的错误，无法细数，甚至早已忘记，

它们被抛进时光的流水里，细涓成流，汇集成海。

而大海之上，明月缓缓升起，北极星高挂，你操作舵轮，

正驶向你想去的地方。

他们的爱情，旁人何须懂

少年时，我认为郝爷爷和郝奶奶是世上最不般配的一对夫妻。

这不般配，不在于外貌，而是为人处世、当家理政。我的妈妈、我同学的妈妈、我认识的所有的妈妈，工作之外的时间就像被强力胶粘在家中，想脱身也动弹不得，做饭、洗衣、管教孩子、服侍老人，每天都像陀螺一样，即使有娱乐的时间，也是和家人一起度过。可郝奶奶不。

白天，她叼着烟卷独自在校园里晃悠，教学楼转一圈，办公楼转一圈，再到操场转几圈；或站在花园的凉亭里出神，或蹲在菜地里发呆，有时还会坐在人工湖的栏杆上跷着二郎腿抽烟，她都不怕掉下去的。

到了饭点回家，郝爷爷已把饭菜准备停当，家中一切安排得井井有条，什么也不用郝奶奶操心。

虽然郝奶奶不做家务，但非常爱干净，家中所有的物品，必须达到郝奶奶要求的洁净指标，甚至包括灯管、锅底、花盆、冰箱后面、洗衣机下面这些卫生死角都要每天擦拭，另外还有些匪夷所思的要求：像韭菜、洋葱、大蒜、茴香这类有异味的蔬菜绝对不能买，茄子、苦瓜、猕猴桃也不能买，因为郝奶奶嫌它们长得丑。所有这些，在旁人看来难以理解，但郝爷爷却坦然接受。

退休后，郝奶奶无所适从，郝爷爷给她报了太极班，她不去；老年大学邀请她去授课，她拒绝；退休教师合唱团请她做伴奏，去了没两天就撂挑子了，还顺便把团里所有的成员都得罪一遍。"只要有一个人没跟上节奏，就要求我们反复练习，都耽误我接孙子放学了。"合唱团的王爷爷这样说。

有段时间，老同学教她打麻将，她竟然上了瘾，天天去牌桌报到，但必须按她的规矩来，比如：开始之前，用自带的泡过消毒水的毛巾把所有的麻将块全擦一遍；必须洗过手才可以玩，而且玩的过程中，不准挠头摸脸，避免把细菌蹭到麻将上。有一次，坐在对面的老校长打了一个韭菜味的饱嗝，郝奶奶差点儿掀桌子。慢慢地，大家宁肯三缺一，也不敢找她凑数。

听妈妈说，郝奶奶年轻时就这样。吃过晚饭，碗一推，去学校的音乐教室拉二胡、弹钢琴到十点多再回家。家中三个半大孩子，要吃要穿要照顾，一大堆的家务事，大家都替郝爷爷愁得慌，可郝爷爷总是一脸宽容地说："哎，她从小就爱玩儿……"

她家的孩子刚上小学，就要在爸爸出差时，踩着小板凳给妈妈做饭吃。因为如果让妈妈做饭，她可能会把厨房点着了，这是爸爸再三叮嘱过的。

在被称为"文革"的岁月里，郝爷爷被认定是"混入革命队伍的奸细"，关进牛棚，革委会的领导告诉郝奶奶：你想有出路，就要划清界限，勇于揭发他的反革命罪行。

郝奶奶既不祈求，也不哭泣，她说：我不相信，也不离婚，更没什么可揭发的。

第二天再被叫去学校谈话，一夜之间，校园里贴满批判郝爷爷的大字报，很多是他们夫妻的学生写的，措辞激烈，触目惊心。郝奶奶上前一张张地撕，谁拦她，她就抓人家的脸。最后，红卫兵小将们将她制伏，把她摁在地上，给她剃了阴阳头，再给她穿上一件用大字报做的衣服，让她游街。去就去，游完街回家，吃点儿孩子们做的饭，郝奶奶还看了会儿曲谱。

浩劫过后，生活回到正常的轨道，郝奶奶依旧十指不沾阳春水，不知道菜市场的具体位置、不关心柴米油盐的价格。她从不和郝爷爷结伴去买菜、逛街，更不会携手夕阳下、漫步河堤边。她一直都是独来独往，只做自己想做的事，沉浸在自己的世界里。而郝爷爷还是那句话："她从小就爱玩儿……"

九十年代的一个冬天，几位外国教育专家来校参观，郝爷爷作为学校元老出席招待仪式。几天后，人们赫然发现，郝爷爷常穿的呢子外套竟然向上缩了好几寸，不仅上衣，裤子也是如此，大冬天的露出脚踝。

原来，接待完外宾回家后，郝奶奶坚称外国人有艾滋病，要求郝爷爷将所有的衣服脱下清洗后，再用大锅水煮米消毒，人阳暴晒。一系列程序下来，造就了郝爷爷这套颇具喜剧效果的行头。

之后，郝奶奶的洁癖更是变本加厉，达到令人瞠目结舌的程度。在生命的最后几年，她拒绝任何外人进入自己的家门，除了生活必需品，其他物品都不准带入，包括订阅的书籍和报纸；除了上街购物，她限制郝爷爷外出，连郝爷爷的自行车，她也用开水泼过消毒。

二十年后，我在相关资料中了解到，郝奶奶患的极有可能是抑郁症或是强迫症之类的心理疾病。她把外界想象成一个充满致命细菌的空间，只有在自己封闭的家里才是安全的。其实，她在用自己的方式保护郝爷爷，但当时人们对此知之甚少，只有敬而远之。

这种与世隔绝的生活如同炼狱，儿女们也颇有微词。但郝爷爷总是说："她跟着我受苦了，她现在生着病，不要跟她计较。"

郝爷爷心里想着的，总是那个刚从大学毕业的郝奶奶，放弃优越的生活，远离父母兄弟，跟随着他从南方来到这人生地不熟的胶东小城，一起做一份清贫的教师工作；想着她在他最艰难的时候不离不弃，当年他从牛棚里回来时，她给他留着一个完整的家、一份不变的感情；想着她一生淡泊名利，总是在才华上肯定他、崇拜他，这就是他的妻子。现在，在别人都转过身嘲笑她、漠视她时，他愿意为她继续留守在这个家里，用他的宽厚拥抱她的清冷和怪癖。

这世上有些爱情，看上去不美，但根基深厚，两根藤蔓相知相伴，同荣枯共生死，他们的爱情，旁人何需懂，又怎能懂。

弥留之际，郝奶奶气若游丝，含糊不清地吐出几个字："……要……消毒……"

郝爷爷握着她的手，安慰道："我知道，我照办，你放心吧。"

话语里，全是理解，全是宠溺。

不敢捅破窗户纸的人，都活该不幸福

我的好闺蜜大圣和她的老公 W，是中学的同班同学。

大圣是班里最不起眼的女生，一位走路大步流星说话不嚷则喊的女汉子，看看她的名字，就能领略一二她当年的风采。

W 是班草，篮球场上的明星，女同学们心中的白马王子。

如今，W 这位白马王子成为大圣的男朋友＋老公已经二十多年了。

每次同学聚会，已过不惑之年的大圣都会被女同学们群起而攻之："当初要是我勇敢一点儿向 W 表白，哪有你的份儿？"

每到此时，大圣总是得意地说："多么简单的一句话，你为什么不说？"

十九岁那年冬天，她顶着西北风骑车半小时，来到 W 家，对他说了一句话："我要去北京了，你给我写信吧，这是地址。"

我们部门的阿仙姑娘和木木做了很久的同事。年会上，大家都喝多了，醉意朦胧中，阿仙突然感觉到来自木木的异样眼神，她抬起头迎上去，也想释放自己的情意，木木却躲开了。他们无论从外形还是家境，看起来没有一点儿相配的地方。

之后的工作中，木木对阿仙，与普通同事无异。他看阿仙的时候，像看一台电脑、一张桌子一样，眼神蜻蜓点水般掠过，再也没有流露过那一晚的柔情。阿仙怀疑：我那天是不是喝多了？

一个大风天，阿仙和木木出去巡店，两人一路无话。木木显然低估了坏天气的威力，出门时只着西装，大风一吹，木木不由地缩起肩膀，加快步伐。

阿仙跟在后面，看着他的背影，又气又乐。她走上前，对他说了一句话，三年后，他们结婚了。

那句话是："这么冷的天，我挽着你的胳膊，你会暖和一点儿。"

为了向Vicky表白，小智暗地里演习过好多次，怎样开场、怎样动情、怎样结束、脸上的表情如何拿捏、手脚如何摆放。

可一站在Vicky面前，学生时代曾考过年级第一的小智头脑一片空白，本就不善言辞的他一般只说三句话：

"哈哈。"

"真的？"

"是吧？"

整个晚上，都是Vicky兴致勃勃地讲她在贵州支教的趣事。小智强装笑脸，心里对自己的表现一万个鄙视。

快分手时，Vicky对他说："你知道吗？咱们学校有个女孩喜欢你。"

小智问:"谁啊?"

"我啊。"Vicky指着自己说。

从那句话说出到现在,他们在一起十二年了。今年六月,他们的孩子出生了,我去喝了满月酒。

那句话,说出来的人各有各的说法;没有说出来的人,理由都是一样的。

这世上,值得你说出那句话的人太少了。即使遇到的不是命中注定的那个人,错的钥匙,开不了对的门。你不试怎么知道?

因为不敢捅破窗户纸的人,都活该不幸福。

火车上的艳遇

时光退回到 20 年前，坐火车真是件劳心劳力的事情。出发前几天，我妈就开始忙活，为我准备各种零食小吃，以备在漫长的旅途中消遣。

劳力，是因为那会儿没有动车、高铁，全是晃晃悠悠的绿皮车，从我家到北京，现在全程只需 5 个小时，可 20 年前，15 个小时！而且是实打实的硬座，十几个小时下来，屁股都坐平了，真不知道当年是怎么熬过来的。我新疆的同事说，你这算什么，当年她回家，光火车就坐一个星期，之后再坐两天两夜的汽车。

劳心，是因为彼时的我，是刚成年的女孩，被父母和亲戚们成功地吓住了：车上有坏人！有小偷！有人贩子！不要和陌生人说话，不要吃别人给你的东西，不要告诉别人你是一个人坐火车。

于是，好像一只羊羔误入狼群，时时刻刻警惕着、防备着，担心稍一疏忽就被撕成碎片。为了保护自己，我上车后基本不与邻座交谈，就做四件事：看书、看风景、发呆、睡觉。想跟我搭讪的，都会被我的高冷姿态吓得退避三舍。所以，我在火车上从没交到过朋友，当然，也没有艳遇。

但是，这不等于我没有看到过艳遇。

有一年春节，回北京的车上，我拿着一本马哲，因为开学后要考试，临时抱佛脚呗。

我坐在靠过道的座位上，斜对面是一对中年男女。

我背第一章时，他俩自我介绍；

我背第二章时，他俩介绍各自的工作和家庭，都带着一点儿小小的吹嘘：女人是随军家属，老公给某位首长开车，待遇那叫一个好，房子里有空调，24小时热水；男人自己开外贸公司，倒腾各种针织品。他随手拿起女人的一只衣角，捻了捻，说，你这是什么什么料、含多少毛、含多少绒……

我背第三章时，男人给女人看手相；

我背第四章时，他俩跷着的二郎腿，经常"不小心"地触碰，然后又很快分开；

我背第五章时，他俩的手暗暗地握在一起了，吓得我偷偷地看了一眼又一眼，看了一眼又一眼，又一眼……

我背第六章时，男人捏了女人后腰一把，女人嗔怪地白了他一眼……车到北京站时，他俩是手拉手下车的。

那年的马哲考试，我没过。

有一年春运，因为没抢到硬座，舅舅托人帮我订到一张软卧。

那是我第一次坐软卧，刚进那个车厢时，虽然我表面强作镇静，其实内心一惊一乍：床铺这么宽！还有台灯！还有枕巾！还配拖鞋！软卧车厢只有四张铺，比硬卧清静很多，再比比硬座车厢的环境，简直是身处天堂。接下来的事情，可就不美好了。进来一个人，脚臭无比，他可能习惯了，自己一点儿也闻不到，神情自若地大吃大喝，还热情地招呼我一起吃。

我一直站在过道上透气，实在太累了，才回车厢坐一会儿。脸皮薄，不好意思当着人家的面儿捂鼻子，只好尽量地减弱气息，憋死个人！

下车后我恶心了好几天，感觉身边总有一股若隐若现的臭脚丫子味儿。可惜了那张价格不菲的软卧车票，我都没心情躺一下的。

长途旅行，最惨的就是没买到座位，只能站着；而比站票更惨的，是夜车的站票。白天还有风景可看，晚上就只能傻傻地站着，站整整一夜，伴随着无法抵抗的睡意。

有年春运，我只抢到一张夜车站票。上车后我直奔餐车，里面已是满满当当的人，都是没座位只好加钱来坐餐车的；我转身又挤过重重人群，去了补票车厢，希望能补一张卧铺票，列车员态度倒是很好，给我登记上了。我问：我排在多少号？他说：一百来号吧。车厢里，车座底下躺着人，洗手盆上坐着人，厕所门口站着人，除了行李架上，哪哪都是人。

好不容易在与卧铺相连的车门后面，在我的请求之下，旁边的人往外挪了挪，腾出一小块空隙，我铺张报纸坐下来，腿蜷缩着，在这样困窘的状况下，竟然很快地睡着了。醒来后，我发现我们几个坐在地上的人，身子歪向同一个方向，头都依次靠在旁边人的肩膀上，而坐在最外侧的，是一个男孩，保持着打坐的姿势，默默承受着我们几个人的重量。

在漫长的旅途中，做一个有肚量的吃货是最幸福的。有一年回老家，邻座是一对小情侣，他俩坐下后，男的就从头顶的行李架上拿下一个大包，掏出黄瓜、酸奶、饮料、炸小黄花鱼、豆腐干、卤鸭翅，最后竟然还掏出一份泛着红油、醋味飘香的拌凉皮。两人大快朵颐，周边的人强作镇定，心里念叨：我不馋，我不饿，我不吃……

车到天津，他俩买了狗不理包子；

车到德州，他俩买了扒鸡；

车到济南，他俩买了煎饼；

车到淄博，他俩买了冬枣；

……

以上这些，他俩全吃掉了。车行一路，他俩吃了一路，我们看了一路，咽的口水都能把铁道淹了。两人一边吃一边低声地打嘴仗："你这个垃圾。""你才是垃圾。"他俩在吃的方面有创意，可骂人却没新意，除了甜蜜蜜地骂对方是垃圾之外，没有一个新名词。

直到现在，出门旅行，我还是喜欢坐火车。喜欢聆听车轮轧过铁轨的声音，喜欢田野中向火车招手的孩子，喜欢火车穿过黑黑的隧道之后呼啸而出重新被光明包围的那一刻，喜欢什么也不说，做一个沉默寡言的旅客，安静地看着火车上发生的相逢与离别。

有些人生经验，让它见鬼去吧

我打小字写得丑又不好辨认，我姐形容"看上去像一队举止忸怩的小人"。学会计时，同学曾打趣我："你做会计屈才，应该做间谍，这么丑的字谁认得？"老师一看我的作业就摇头："不好好练字怎么吃这碗饭？"

我对此耿耿于怀，一毕业就找机会转了行。其实没过几年，国内就开始推广财务电算化，字写得好与坏没有那么重要了。

我姐与我同专业（那年头流行学这个，饭碗有保障），曾有位长辈对我姐说："你这孩子粗心大意，不适合干会计。"与我不同，姐姐没放心上，毕业后就投身到会计大军中。这么多年，只有她辞老板没有老板辞她的。她刚参加工作时，支票还是手写，工作前三年，她没有写错过一张支票。因为知道自己粗心，所以在工作中高度警醒，反而比其他人做得更出色。

我们常被一些所谓的经验误导，尽管传授这些经验的人是出于好心。

朋友的老公赌博加出轨，失踪几个月后突然回家，表示洗心革面从此好好过日子。正在准备离婚的朋友犹豫不决。这时，七大姑八大姨出动了，她们都奉行一个原则：劝和不劝离。不离的原因有很多：

孩子不能没爸；

你30多岁也找不着好男人了，离婚人家笑话；

一个女人带孩子太苦了……

每个理由都很充分，好像家庭是否破裂的大权掌握在我朋友的手中，始作俑者的责任反而不那么重要了。

其实，劝说者也不太肯定朋友的老公是否浪子真回头，那为何不把"离与和"的弊端都摆一摆，让身陷迷局的朋友自己做选择呢？多数人不敢这样做，因为她们信奉的人生经验是：宁拆十座庙不毁一桩婚。

有些经验，告诉你的人也许是出于私心，因为她们不敢当恶人。

我认识一个女孩是演员，目前连八线都算不上，没钱没背景没出众的外形。入行至今，曾被多位业内前辈明示或暗示：一个女孩想在这行出头太难了，照我说的做，你就有机会。她每次都找理由拒绝了。

入行多年，她已青春不在，演技慢慢成熟，戏不多但刚够养活自己。她说，有些女孩靠男人靠权势拿到角色，只要她自己愿意又没妨碍别人，也没什么错，只是个人选择不同，我相信哪一行都有投机取巧的，也有认真做事的，我选择后者。

她一直没红，将来可能也红不了，但方向从未迷失，这是属于她的成功。

人生的某些阶段像一场战斗，不适用的经验好比不合适的铠甲，穿上犹如枷锁在身，反而寸步难行、难以应战。

可是，哪些经验可取，哪些应该置之不理呢？取舍的智慧从何而来？

对不起，如你们一样，我没有答案。如《冰血暴2》中智商感人的佩吉所言：人做决定时就像在做梦一样。可能是一瞬间本能的冲动，也可能是彻夜难眠反复权衡后的谨慎而为。有些经验你曾屡试不爽，可突然有一天，猝不及防地你因它摔了个嘴啃泥，爬起来连哭的力气都没有。

那些杂乱的、过时的、扰乱心灵的经验，抉择时的焦虑、犹豫和痛苦，还有曾犯下的种种愚蠢的错误，无法细数，甚至早已忘记，它们被抛进时光的流水里，细涓成流，汇集成海。而大海之上，明月缓缓升起，北极星高挂，你操作舵轮，正驶向你想去的地方。

你人都是我的了，还打什么篮球啊？

* 篮球陷阱

这个故事来自于我的姐姐。

姐姐和姐夫是中学的同班同学，姐姐暗恋姐夫，但姐夫却浑然不觉。那时，姐夫的心思都在篮球上，他是学校篮球队的主力队员。

每天清晨六点，篮球队晨练开始，地点就在我家附近的操场上（我家住在学校的家属院里）。

于是，姐姐每天清晨五点多起床，抱着家里的篮球冲出家门，六点到达同一个球场。篮球队在这边，她在那边，运球、三步上篮都学得有模有样。

每天早上相遇，姐姐和姐夫会简单打个招呼。姐夫想："这位同学真喜欢打篮球啊。"

每年的校际篮球比赛，只要有姐夫参加，姐姐会想尽办法赶到现场观看。有时比赛会安排在晚上进行，地点是县里的体育馆，离我家有点儿距离，还是冬天。因为路黑害怕，她会说尽好话、再加上零食贿赂说服我同去。

后来,姐姐和姐夫结婚了。结婚之后,姐夫问:"有空咱俩去打篮球?"

姐姐懒懒地说:"你人都到手了,我还打什么篮球啊。"

他们结婚已经十九年了。在这十九年中,姐姐再没摸过一次篮球,也从不看篮球比赛。

* 笑场的二百米

这个故事来自于我的同学。

小学三年级的春季运动会上,他代表所在班级参加二百米短跑。

他之所以报名参加,不是因为有运动天赋、跑得有多快,其实他身子长腿短;也不是因为想获胜,而是贪图赛前一个月的户外训练,可以每天下午少上两节课。

终于到了比赛的那一刻,虽然四月初还有些冷,但为了跑得更轻松,小运动员们都换上了短裤,英姿勃发,跃跃欲试。

"啪!"发令枪响,大家都像离弦的箭一样冲了出去。

不出所料,他跑在最后边,两条小短腿紧捯,奋力向前追赶。正在这时,他发现一个有趣的现象:平时穿长裤训练看不出来,现在换上短裤后,同学们跑起来的时候,两个屁股蛋儿随着步子一上一下,真是太好玩了。

他越看越觉得可笑,最后竟然笑得不能自抑,不得不停下来,已然忘记身处何地,站在跑道上弯着腰捂着肚子哈哈大笑。

旁观者都不明白,不就是跑个步嘛,怎么就点燃了这个人的笑神经呢?

事后，他被老师骂得很惨。

* **抠脚男神**

这个故事来自于我的舍友。

大二时，她暗恋一位男神。每天费尽各种心思，制造各种偶遇，企盼男神有一天能够注意到自己。

也许她的祈祷被神灵听到了，某天，男神邀请她周末去学校的游泳馆一起游泳。

她兴奋极了，从为数不多的零用钱里支出一笔不菲的费用，买了一件漂亮的游泳衣，借以彰显自己曼妙的身姿。

约会那天，开始的一切都很顺利。男神体贴、温柔，对她照顾得无微不至。更关键的是男神不光体形好，游泳技术也很棒，入水姿势跟专业运动员似的，特别潇洒，还会潜水，吸引了游泳馆里很多女孩青睐的目光。可是男神，只关注她一个。

她觉得特长脸。

游了几个来回。她发现男神停了下来，坐在岸边，手伸进水里，不知在捣鼓什么？"怎么不游了？"她问。男神回答："游了一会儿，脚都泡软了，正好抠抠脚皮。"

她人生的第一次约会就此结束。

没有然后。

* **耻辱的马拉松**

这个故事来自于我的一位朋友。

上初中时,他所就读的学校领导突然抽疯,组织了一次马拉松比赛。只要是证明不了自己不健康的,全都上场。

那天,一千来号学生,全被赶到街上。按领导要求的,在城市的环路上跑一圈后,再回到学校。

"走也得走完全程。"领导如是说。

他跟着闹哄哄的人群跑了一会儿,很快发现了破绽。学生多老师少,队伍越拉越长,几十个骑自行车的老师根本看顾不过来。

抽个空子,他离开了长跑大军,溜进市场找个游戏厅,进去玩了好半天。预计时间差不多了,他才晃晃悠悠地出来,抄个近路返回学校。离学校还有几百米时,他跑起来,跑近学校门口时,已经满头大汗,累得上气不接下气。

学校门口,一位老师正指挥着几个学生卷横幅、搬桌椅。见他跑近,老师赶紧指挥身边的两个男学生:"快,扶着点。"

两个男孩儿上前去,一边一个,扶住了他。

他屏住呼吸,担心刚才在市场喝的橘子汽水的气味,万一随着大幅度的呼吸喷出来,让对面的老师和身边的同学闻到可怎么办。因为憋得不行,那股气儿无法在嘴巴里痛快地释放,便转道向上,顶得他脸色通红,鼻子呼哧呼哧的,两只眼睛无法控制地饱含泪水。那位老师看到他的表情,眼睛也泛红了,重重地拍拍他的肩膀:"没事儿,坚持就是胜利,最后一名也是光荣的。"

当时,颁奖仪式都已经结束了。

在老师的关怀下,两位男生一左一右地架着他的胳膊,一直把他护送回教室。

第二天,作为坚持到底的典型,他被校长在喇叭里点名表扬。他无地自容。

* 初吻

这个故事来自于我的同事。

她怕水,很怕很怕,这心理阴影来自于初中时的一次落水经历。

那年暑假,她和妈妈去海边玩,因为不会游泳,便租了一个气垫,优哉游哉地在海面上漂着。

一转头,看到旁边一个正在游泳的男人,长相实在不敢恭维。她悄悄对妈妈说:"看那人,长得真磕碜。"

没错,她是一位性格豪放、大大咧咧的东北姑娘。

过了一会儿,一个大浪打过来,她的气垫被掀翻了,她落进海里,呛了几口水后,便失去了知觉。

醒来后,她躺在海滩上,身边围了一圈人,其中就有那个长相磕碜的男人。

妈妈告诉她,是那个长得磕碜的男人救了她。并且,给她做了人工呼吸。

势均力敌的爱情没有悬念，门第悬殊的爱情才有看头

《太阳的后裔》追过几集之后，我对宋仲基的花式撩妹大法已经免疫，反而慢慢喜欢上男二号徐大荣和女二号尹明珠，他们的爱情设定越咂摸越有味道。

他们之间横着一条万年老梗：门不当户不对，身份地位背景职业相差悬殊。难以逾越的巨大家世落差让特种兵上士徐大荣望而却步，却挡不住骄傲勇敢的司令官千金小姐尹明珠。于是，一个执着，一个逃避，你进我退，你追我躲。

千万观众则为他们流着泪，加着油，喊着号子："在一起！在一起！"看他们如何冲破艰难险阻，最终有情人终成眷属。的确，势均力敌的爱情没有悬念，门第悬殊的爱情更有看头，也更加值得期待。

But，现实生活中，门第悬殊的婚姻会幸福吗？

我想起一位远房堂姐的婚姻，想起那个在家族聚会中，神情总是唯唯诺诺的堂姐夫。

他们结婚时，堂姐是医生，堂姐夫是教师，这样的职业组合在现在堪称完美，可如果时光穿越回到八十年代，两人的社会地位和经济收入却是相当悬殊的。

那时，人们形容"教师"这一职业时，必然会加上一个"穷"字作为前缀。同样拥有十年以上的工作经验，一位教师的月工资可能仅是普通工人的一半。

在恋爱结婚一事上，女老师的境况略好一些，男老师的难度系数就有点儿大了，因为嫁给老师可能就意味着受穷一生，姑娘们怎能不认真掂量掂量？帮年轻的男老师找对象是每个学校工会主席的重点工作，没有之一。如果男老师的家庭背景再差些，就要冒"倒插门"的风险了。

我就读的小学，曾经流传一个笑话：我们的数学老师，结婚那天去老丈人家接新娘时，却遭遇晴天霹雳——新娘突然变卦，不嫁了。原来新婚前夜，新娘经过激烈的思想斗争，觉得嫁给一位穷教师，后半生就太委屈自己了，所以不顾颜面临时悔婚，即使新郎百般哀求也表示宁死不嫁。

那天，在讲台上神采飞扬的数学老师，穿着平生第一套特意为婚礼而买的西装，哭着回了家。

在这样的社会背景下，在城市小康家庭长大的、当医生的堂姐，与来自农村当教师的堂姐夫结合，是怀着巨大的勇气和牺牲精神的。

他们的生活水平肯定不错，我去他们的新房看过，当时凭票才能购买的冰箱、彩电、洗衣机、音响，都占据着新房的醒目位置，这种规模在当年堪称"土豪"级别。一切都得益于我的伯父，通过自己多年经营的人脉关系拿到了供应票，又自掏腰包买下送给女儿。

在物质上，伯父伯母的确没有慢待堂姐夫，倾其所有，支持女儿的小家庭；但在精神上，却从未尊重过这个女婿。习惯使然，伯父伯母经常在人前呵斥堂姐夫，堂姐也总是不自觉地展现出满满的优越感，对堂姐夫大呼小叫，发起小姐脾气来不管不顾，什么难听话都能说出来。

记得有一年春节前，堂姐准备和堂姐夫一同回农村婆家过年，伯父伯母为亲家准备了丰富的礼物，大大小小十几个袋子。因为行李多、交通不便，伯母又找了单位的公车，把他们夫妻俩直接送回老家。

这本是个愉快祥和的开始，却因为无所不在、无时不有的抱怨搞坏了气氛。

伯母一边把行李装车，一边对着堂姐夫嘟哝："一年到头，就为你忙活了，你父母净享清福，什么也不管。"

堂姐夫手脚不停地忙着，不敢搭腔。突然，一个不小心，把一箱苹果撞翻了，又红又大的苹果滚了一地，旁边的伯父大声喝斥道："瞪着死鱼眼，没一点儿眼色，干活也不叫人省心。"

堂姐在旁边补充："他就是这样，今天早上还把鱼缸打碎了。"

堂姐夫赶紧弯腰捡苹果，脸红得像那些苹果一样。堂姐一家冷嘲热讽袖手旁观，只有司机过来给堂姐夫帮忙。

我当时不到十岁，听了这些话都觉得难堪。饶是这样，堂姐夫这位七尺男儿却忍气吞声，只顾低头忙活手上的事。他全无半点儿尊严的样子，让小小的我对他既怜悯，又生出几分鄙夷来。

我从未见过堂姐夫的父母，他们一直生活在离县城几十公里的偏僻乡下。即使偶尔进城，我那当医生的堂姐也是安排他们住宾馆，而不让他们踏足家中一步。

再后来，伯父托了很多关系，送了很多礼，据堂姐形容，"送给领导的大虾比我的手掌还大"，把堂姐夫从学校调到了交通局。

伯父伯母去世后，我们与堂姐家不再走动。希望在没有父母的荫庇之后，那架严重失衡的婚姻天平能渐渐恢复到平衡状态。

现实生活中，门第悬殊的婚姻，我也见过幸福的，它们都有一个共性，那就是：条件优越那一方的父母以尊重为基础，求同存异，智慧地处理好与另一方家庭的关系。

毕竟，不是任何人都有为了爱情与家庭决裂的决然和勇气，父母的态度在这中间尤为重要。

当然，在门当户对的婚姻中，父母的支持也很重要；但在门不当户不对的婚姻中，父母的态度简直就是定海神针，直接决定了婚姻生活的好与坏，甚至成与败。

著名评剧演员新凤霞与吴祖光结合时，就被当时的社会视为不般配的婚姻：新凤霞虽然是知名演员，但在贫困家庭中长大，小时候连上学的机会都没有；而吴祖光出身于文学世家，家学渊博，其父是中国近代书画大家、故宫博物院创办人。

新凤霞回忆：公婆对自己、对自己的家人一直很好。有一次公公与父亲聊天，父亲虽是目不识丁的小商贩，但两位老人却聊得很投机、很开心。

试想，如果条件优越的一方，看到自己的父母总是以救世主的姿态出现，听着他们满腹牢骚地蔑视你的婚姻、抱怨你的选择，你必然也会对伴侣，以及伴侣背后的家庭生出轻视之心。既然如此，何来真正的幸福？这样的结果，怎么对得起当年不顾一切的勇敢？

在门第悬殊的婚姻里，在爱情之外，要经历诸多考验。没有夫妻间、双方家庭间的互相尊重、平等包容，婚姻也就没有了长期幸福存续的基础。如果一方的优越感和颐指气使、另一方的自卑感和谦卑忍让，成为婚姻生活的主旋律，又何来幸福可言？

所以，如果爱情的两方是门第悬殊的两个人，那么，在决定走入婚姻前，一定要问清楚自己：爱情之心是否足够坚定？内心深处是否隐藏着蠢蠢欲动的优越感？有信心在岁月长河里相互尊重，平等以待，不失尊严？是否愿意为这段婚姻不断修行，用更好的自己去配更好的婚姻？如若不是，还是尽早放手，算了吧，散了吧。

所以，司令官千金尹明珠不顾一切的追随痴缠、生死与共，不觉让人为她敢爱就爱的勇气喝彩；特种兵上士徐大荣的隐忍克制逃避，在爱里不失尊严，又叫人肃然起敬；而司令官由无条件的反对到有条件的同意，坚不可摧的门第之见终于出现松动，一直你追我逃的辛苦爱情终于得见曙光，怎不叫人拍手称快？

爱情的本身，就富于童话色彩。希望灰姑娘和王子的幸福生活不止存在于童话故事里。徐大荣、尹明珠，哪怕你们演绎的是现实版的童话，也请一定要在一起！否则，让我们在"婚姻是一个阶级问题"的现实声音里，拿什么来相信爱情？

你在偷窥谁？谁又在偷窥你？

《后窗》是由希区柯克执导的一部著名电影，自1954年上映以来，时光流逝，粉丝依然生生不息。

虽然电影告诉人们：你看，偷窥别人的生活，后果多可怕。但是，看完电影后，你的偷窥欲望丝毫也不会消减半分，反而更盛。因为，偷窥是好奇的衍生品，而好奇是人性的本能。

你是否有过这样的经历，去公园游玩时，每看到一处不对游客开放的房屋或院落，尽管大门深锁，门上油漆斑驳，但必然会有人扒着门缝或窗缝往里极力张望，内心揣度着里面住着什么人、发生过什么故事。尽管可能什么也看不见，或者看见的只是落满灰尘的破桌椅、或是乱七八糟的清扫用具。

于是，努力扒着门缝、压扁面孔向里张望的人悻悻地直起腰来，不甘心地走开。

别说你没有这样做过。

现代科技的发展，极大地满足了人们的偷窥欲望。首先是十来年前博客的强势出场，随之是微博、微信，还有电视上风起云涌的各类真人秀节目。借助它们，你不再需要费劲偷窥，而是可以大大方方地"明窥"。在这些"阵地"上，你看到明星也犯傻，学者也骂娘，他们和你没啥不一样，甚至有时还不如你机灵呢。

这样看久了，会产生一个错觉：你以为自己很了解他，却忘了那只是表象，是他生活的一部分而已。

在电影《楚门的世界》中，从楚门出生开始，电视台便每天24小时直播他的吃喝拉撒睡。全世界的人都以为他们了解楚门，知道他因为童年阴影不敢出海。但最后，楚门却偏偏选择从海上出逃，即使经历暴风骤雨付出生命的代价，也要走出这个虚幻的世界。你以为你了解他，可以评价他，给予他廉价的同情或道德的审判。其实，你无法得知在他平静的外表下，内心里有着怎样的惊涛骇浪。

九十年代，我在一家治疗皮肤病的专业医院的财务科实习，性病也属于这家医院的治疗范畴。

这家医院的功能布局设计不太合理，门诊在西边的楼，挂号、收费、药房在东边的楼，我们就在门诊楼的二楼办公。

两座楼被一个不大的花园隔开，看一次病，患者需要来来回回穿过花园好几次。

那时来治疗性病的患者并不多，几天才有一位。每当有一位这样的病人被确诊时，我们办公室的电话就会立刻响起，是相熟的小护士、或是大夫打来的。

"快瞧，又来一个戴条丝巾斜挎包的。"

于是，会计放下账本、出纳扔下票据、实习生丢了正在整理的凭证，全体成员拥到窗前向下看，寻找那个符合穿着特征的人。

有时是个年轻的姑娘，朝气蓬勃，穿着高跟鞋，"噔噔噔"目不斜视走得矜持。会计大姐说："谁家的闺女，长双桃花眼，爹娘也不管管。"

有时是个上点儿年纪的女人，身材微胖，溜着边儿走，边走边四处张望，好像做了亏心事似的。

有时是个男人，干巴瘦，佝偻着背。出纳大姐骂他："一脸嫖客相儿。"

有时是个文质彬彬的男人，一看气质就不像本地的，估计是特意从邻县过来治病的，毕竟地方小，撞见熟人太丢脸。

那些患者并不知情，她（他）以为自己身处一个隐私被保护的地方，却不知楼上的人居高临下，正以道德捍卫者的姿态对她（他）指指点点。

我们对她（他）的生活状态一无所知，却自认为她（他）毫无尊严可言。得性病是可耻的，被围观是应该的，大家理所当然地这样认为。

即使在今天，这类疾病不问缘由，依然被污名化得厉害。

有一次，一个中年妇女走过来，符合小护士所说一切特征，科长大叔说："这嘴都包不住牙了，白给我也不要。"他的话，立刻引来一阵哄笑声。

正值夏天，窗户开着，那个妇女听到笑声，抬起头来，向我们露齿一笑，热情无比，大家不由地后退半步。

"同志，财务科怎么走。"那个妇女问。

科长迟疑地问："什么事？"

"我是药厂的，来结账。"

窗边的人们立刻感觉她长了一副良家妇女的模样。

Chapter 3 之于青春，
长大是岁月对自己的一种救赎

我在北京曾有过那么多的家,

总是漂泊无定,却总是一心一意地生活,

又华丽又粗糙,又幸福又笨拙。

没有合租过，不足以谈北漂

少不更事时，某天看到一部纪录片，讲述一位新疆女孩独自在北京打拼，白天努力工作，下班后去运动，然后回到自己租住的房子里做饭、看电视、打游戏、和朋友煲电话粥。

看得我心驰神往，那时我生活在父母的羽翼之下，感觉处处受制于他们，一颗心蠢蠢欲动，向往无所束缚的自由世界。

我暗下决心，一定要到北京去，租一间小房子，床铺得软软的，有一个装满书的小书架，有一扇向阳的窗户，桌上摆一个大花瓶，四季插满鲜花，屋子里总是生机盎然、温馨舒适。我自己安排生活中的一切，想不吃饭就不吃，想吃方便面随时泡，电视遥控器掌握在我手中，想看哪个台就看哪个台，想几点睡都可以，想几点醒都随意……总之，我要把自己想做、而父母却不让做的事情全部做一遍。

人在年少时，都有离家出走的梦吧？后来，我如愿来到北京。

在北京租住的第一间房子，在一个四合院里，与房东合住。

其实这间房子原是房东用来堆放杂物的，极小，只能放一张单人床和一个窄窄的床头柜，一进门就得坐下，床底下放着我的书和脸盆。

不必费心买花，门口正对着房东种的月季，花香扑鼻，进进出出时，让蜜蜂叮过两次。窗帘也省了，根本就没窗户。电视遥控器？别扯了，根本没电视！

这些都无所谓，最受不了的是房东整日像克格勃一般盯着我，我多洗几件衣服，他便不乐意了，在我身边嘟哝："这衣服也不脏啊，还投三遍，浪费多少水啊？"我开着台灯看书到半夜，他又不乐意了："你是作家吗？点灯熬油的。"纵使百般小心，我还是过于大意，有一次用电饭锅做饭时开着门，他看到后，脸色惊恐得好像看到炸弹一般，立刻提出从当月开始，房租再涨50块钱。

搬进去时，是夏末，房子背阴也不算热；到了寒冬腊月，才体会到"独在异乡为异客"的凄苦。屋子太小，生不了煤炉，没有任何取暖设备，室内温度基本和室外一样。下班回家，想喝口水，暖壶塞子却拔不下来——已经冻在瓶口上了。入睡时，穿着秋衣秋裤和袜子钻进被窝，除了两床厚厚的被子，把能盖的东西全盖在身上，在睡梦中依然冻得缩成一团。清晨醒来，脑门冻得生疼，屋顶上一层薄薄的白霜。之后吸取教训，睡觉时戴顶帽子。有一天晚上临睡前，房东老婆突然到访，坐在床边对我嘘寒问暖，叮嘱我按时吃饭，有困难随时找他们。说得我心里暖洋洋的，对自己以往错怪他们两口子有些小内疚。突然，她掀起我的床单说："你铺得不算厚啊？"说着，又掀起褥子。

那一瞬间我才明白，什么关心？都是狗屁！她是来看看我有没有偷着用电热毯，用这种见不得人的小伎俩。之前，房东三令五申地告诉我，电热毯太耗电，如果我要用，房租再加100块。她的举动，气得我直哆嗦，为他们的虚伪和不信任。相处了近半年，他们眼中的我，依然是一个偷奸耍滑的外乡人。

当时刚到北京，人生地不熟，因为这间房子离公司很近，所以对于房东的种种苛刻都忍下来了。没想到，我越忍，他们越觉得这房租得太亏，钱收得太少，好像错过了好几个亿。

春节过后，手中有了一点儿积蓄，我立刻告别了这间小房。临走时，房东以公用水龙头坏了要修理为由，又扣了我20元押金。

搬出四合院，与朋友合租了月坛的两室一厅，朋友性格开朗，待人宽厚，我们很合得来，缺点就是朋友太粗心，合住期间上演了几次惊悚大片。

有一天半夜，我起床去卫生间，睡意蒙眬中赫然发现防盗门大开，夜风从黑洞洞的门洞里呼啸而入，吓得我困意全无。那晚朋友加班回来时，我已睡下，她将门随手一带就上床睡了，根本没检查是否锁好。如果有坏人进来怎么办？那情景不堪设想。气得我第二天把她骂了一通，她哈哈一乐去上班了。

那晚的情景让我心有余悸。从此之后，每晚临睡前，我都会亲自检查门窗。但，防不胜防啊。

有一天，我下班回家，发现房门上插着一套钥匙，是朋友的，她一边锁门一边打电话，没拔钥匙就走人了。整整一天，人来人往的，我家居然安然无恙。朋友乐呵呵地说:"傻人有傻福。"她的傻福背后,我操了多少心啊。

燃烧的蚊香还剩一丁点儿,她没掐灭就扔进垃圾桶,半夜时分,那垃圾桶熊熊燃烧起来,好似篝火一般。我被烟呛醒,一盆水浇上去,才没酿成大祸。而当我做完这一切时,她还在睡梦中,丝毫没有察觉。像炉灶上还烧着水,她人就出门逛街了类似事情数不胜数。

那段时间,我好像患上强迫症一般,时时处于不安全状态之中,上班时惦记家里,半夜时会突然醒来,下床巡视房间各处,确认无事后再上床休息。

不久,公司搬到西坝河。那一年,我的工作量增加很多,几乎每天都要加班到很晚,为便于上下班,我决定搬到公司附近。

周六奔波了一天,看了几处房子后,最终选定西坝河东里的一处塔楼,合住的一对小情侣看上去也很和气。我和他们约定第二天就搬进来,因为下周一我就要出差了。女孩送我出门时,问我一句:"你做什么工作的?"

我说:"公关。"

"哦。"她没再说话。

回家后,我赶紧打包、装箱,忙到半夜,突然接到女孩的一则短信:对不起,听说做公关的私人生活很混乱,我们不能和你同住。

你一定误会了?此公关非彼公关啊。她根本不给我机会解释,我回拨电话她不接，发短信也不回。大半夜的，我守着一堆大大小小的箱子欲哭无泪，心急如焚。

接下来的24小时内，我必须完成"找房子"和"搬家"两项工作。慌不择路，通过中介公司，我匆忙中选择了一套三居室，与两对夫妻同住。事实证明，这是一个非常错误的决定。

当天搬完家，收拾完之后，已经凌晨3点了。我迷糊了两个小时，5点钟起床赶往机场。

三天之后，我回到"家"。一进门，客厅里坐着一个光膀子男生，一边撸串一边看球赛，茶几上一片狼藉。

我向他问好，他只是傲娇地点点头，明明是自己家，我却有冒然闯进别人家中的感觉。

接下来的日子真是不堪回首，他们两家人比赛着谁更懒，公共区域的卫生从不打扫，厨房、厕所脏得惨不忍睹。开始，我还想以身作则，以理服人。每周我都会主动打扫，他们却不为所动，客气话都没有一句；后来，我又想动之以情、晓之以理。我召集他们两家开了一个会，做好分工，打印了值日表张贴在客厅里。

第一个月还好，生活环境大为改观。后来，有一方夫妻斥责另一方打扫得不干净，另一方回道："你们也不怎么样！"然后，两边都撂挑子了，从此值日表形同虚设，只苦了我这个免费保洁工。

合同期还有两个月时，我就搬出去了，宁肯赔钱我也要逃离，再住下去我也会变成垃圾的。

痛定思痛，我决定变被动为主动，自己承租了一套两居室，我自己找房客。

小马来看房的时候，我们虽不是一见如故，但相谈甚欢，很快敲定了合住意向。她是景观设计师，小小年纪才华出众，全国各地有不少合作项目。

她搬进来后，对我说："能不能不锁你的房门，我去阳台晾衣服方便，我的也不会锁，咱们都是一家人嘛。"彼此信任，我同意。

小马果然把自己当作家人。她进我的房间不仅晾衣服，有时还会顺便在我床上小睡一会儿。因为我的房间向阳，中午时分"阳光铺满床，忍不住上去躺一会儿"，这是她的原话。

她用我的锅做饭，用我的碗吃饭，用我的辛拉面做夜宵，用我的水果做减肥沙拉。我的就是她的，她的还是她的。她缺钱吗？当然不是，她的衣服、鞋子和包包都价格不菲，可她就是喜欢用我的东西，包括我的化妆品和移动硬盘。

直到有一天，我出差前才发现，放在床底下的小行李箱不见了，给在外地的她打电话，果然被她拿走了："我那个轮子坏了，你这个可以带上飞机，方便。"

你方便了，那我呢？

我找了个无法拒绝的理由，请她搬走了。搬走时，她依依不舍地说："以后有机会，咱们再合住。"

几年后，我去北电进修时，竟然在食堂与她相遇，我读编剧她读摄影，这算不算一段孽缘？

再后来，与我合租的房客中，有养了三只猫和无数盆绿植，却从不上班只打游戏的小情侣；有每次吵架都邀请我做审判官的年轻夫妻；有每次洗澡能洗一个多小时的大姐；有整日跪在地上，把地板擦得像镜子一样光亮的朝鲜族女孩；有和我一起做过好多次黑暗料理的新疆姑娘……

最后一任房客，男友换得跟走马灯似的，直到有一天，前男友堵在大门外一夜，大吵大闹地说要捉奸，惊动了街坊四邻。凌晨时，警察也来了，我长这么大第一次被警察当犯人似的问话，备受屈辱。我把那个女孩赶走了，房东知晓此事后，也把我赶走了。

现在，我终于自己住一套房了。

推开门，家里不再弥漫着陌生的味道，我可以随时使用厨房和浴室，可以从容地招待来访的朋友家人，可以随意摆放每件家具的位置。

夜晚来临时，我放下妈妈给我做的窗帘，吃完饭不想洗碗就放在那里，看电视看得困了就窝在沙发里直接睡觉。不必再担心是否会影响别人的生活，也不会有别人影响我的生活。**如李安所言：电影比人生简单，比人生理想。合租的日子，对我而言，快乐少烦恼多，但在《欢乐颂》里，编剧把它写得如此美好，没有鸡毛蒜皮的日常，只有不食人间烟火的友谊。**

很多人被这友谊打动，但我却无法歌颂。

北京没有我的家，北京也有我的家

前几天外出办事，从北三环的某一处经过，想起自己曾在这里住过五年多，这里曾有过我的一个"家"。

我在这里结婚，我的孩子也在这里出生，那几栋巍巍塔楼还矗立在那里，狭窄拥挤的街道依然嘈杂，我往街口一站，它独有的气息就扑面而来。记忆如此鲜活，我与它的世界却不再有交集。

这里因为毗邻三环，所以一天24小时总是闹腾腾的，从没有悠闲之意。在我的房间里能够清晰地听到三环路上车来车往，乱轰轰地碾轧着世界，仿佛无所畏惧。路口有个不大不小的超市，包办油盐酱醋等一切生活琐碎。楼下十几家小饭馆，来来去去，兴衰不定，多年屹立不倒的只有两家：卖烤薯片的和卖麻辣烫的。果然，现在还在。

夏天，店家把烧烤摊嚣张地摆到了人行道上，混杂着孜然香气的青烟一蓬蓬地升起，整条街道都变得烟熏火燎。清早出门，摊子已经收了，人行道上留下一团一团黑黑黄黄的油渍，我就踏着这些油渍跳上公交车赶去上班。楼下有一个自行车棚，一楼的大爷收拾出一块地儿来，支上炉子，每天清晨卖烧饼和炸豆腐汤，我隔三岔五就去吃一次，大爷会给熟客多添几块炸豆腐。

有一年，冬天来得特别早，10月底就天降大雪。清晨推开楼门，大爷的小吃摊在白雪的映衬下热气腾腾。那天的炸豆腐汤有些咸，齁得我到公司后猛灌了两大杯水。

在北三环之前，我在北京的月坛也住过两年，那里有一位神奇的邻居，神奇之处是在我居住的两年中，从未和这位芳邻谋过面。但我知道对面是有人住的，我听见他的门开开关关，原本塞在门把手上的小广告，被神秘的邻居拽出来散落一地。可当我出门时，对面的门却总是紧闭着。

日复一日，我忍不住好奇，有一次在听到对面开门的声音时，我快速推门而出，没想到对方的速度更快，我只看见一只脚快速地收进门里，门"咚"地关上了，再次陷入沉寂。

在月坛之前，我在北京的南城也曾有过一个家，坐落在一个小小的四合院里，四合院又处在一个狭长的胡同里。院子里有一棵枣树，枣子成熟时，纷纷掉落下来，砸在树下废弃的木桌上，"嘭嘭嘭"整晚响个不停。

清晨起床，房东已把院子打扫干净，地上留下一条条扫帚的纹路。抬头看，碧空如洗，成群的鸽子快速地飞过，鸽哨此起彼伏。北国的秋天如此清澈高远，如郁达夫所形容的"清、静、悲凉"，是一种特有的气质。

　　胡同里的街坊四邻大多从上面几代就认识，清早起来去公用厕所倒夜壶的、碰见买早点回来的，都会亲切地打个招呼。

　　天一热，总会有些男人光着膀子，"呼呼"地摇着蒲扇去各家串门，大声地侃大山；孩子们头顶头地写作业、玩游戏；老人们坐在院子里唠家常，来张陌生的面孔第一个就逃不过这些老人的眼睛："找谁啊您？"墙上的杂草已枯荣千年，门里门外都是满满的市井气息。

　　在这逼仄寒酸的胡同里，却常常传来悠扬的琴声。某户邻居家的女孩子从小学开始弹钢琴，长大后做了钢琴教师，是那一带有名的出息孩子。下班后，疲惫地躺在小床上，耳边隐隐传来熟悉或不熟悉的乐曲，听着听着，心也像是要飞起来，粗糙的生活因为音乐而变得柔软。

　　这条胡同早在奥运会前就已经拆了，现在是一个设施齐备、整洁有序的生活小区。枣树砍了、荒草除了，天空中也不再有鸽子掠过的身影，以往的生活痕迹被抹得干干净净，那些人、那些物，好像从未存在过。

　　我曾去广东工作过一年，公司安排我独住一套宽敞的两室一厅，并配备了一切生活设施，家里什么都不缺，唯独缺少家的味道。

　　晚上独自回到家，打开房门，黑黑的门洞好像要把我吸进去。隔壁传来邻居们看电视的笑声，而在我空旷的客厅里，笑一声都是有回音的。

那时的我很年轻，视软弱为大敌，尽可能寄情于工作，不允许自己流露一点儿负面情绪。殊不知，那种思乡的情绪，越是压抑就越是强烈和沉重，慢慢地，开始挑剔起周遭的一切事物。

南方的树，从不凋零，从不枯败，没有生命的轮回，没有季节的更替，当然也没有寒冬里对春的渴望和等待。它们整日地绿，绿得热闹，一点儿也不精彩。

还有那南方的雨，下得缠绵悱恻，让人愁绪万千，到了阴雨连绵的梅雨季节就会更惨，听着窗外的雨整夜滴滴答答到天明，我竟然开始疯狂地想念北京的沙尘暴。

有天清晨起床，发现卧室的墙脚多了一条黑黑的线。戴上眼镜仔细看，竟然是成队的蚂蚁蜿蜒而行，从上到下忙碌不停。我瞬间崩溃，在空旷的房间里放声大哭：

"我要回家，我要回北京。"

在北京时，我有一千万个理由讨厌它；离开北京后，我整日却只有一个念头：回北京！我想北京，想念北京的雾霾、沙尘暴和蓝天白云，想念北京的干燥和儿化音，想念北京态度分明的四季，想念北京所有我喜欢和不喜欢的东西。虽然它从未在意过我。

在李安的电影《饮食男女》中，归亚蕾饰演的角色，有一天发现自己会错了意、示错了爱，身边坐着的老男人爱的是她的女儿而不是她时，她情绪失控，大喊："我要回美国。"

那是她不久前拼命离开的地方，如今却嚷着要回去。

我在广东时,不也有类似的瞬间?

我的朋友许多写过一首歌,歌中唱道:北京好大好大,北京好冷好冷,北京也好热好热,北京没有我的家。 北京好大好大,北京好冷好冷,北京也好热好热,北京也有我的家。

只有做过北漂的人,才能真切理解这首歌的意境。北京有很多不可爱不完美的地方,却在久居以后变成了我的第二故乡。我在北京曾有过那么多的家,总是漂泊无定,却总是一心一意地生活,又华丽又粗糙,又幸福又笨拙。

我曾以为，长大，是岁月给我的救赎

抱歉，今天要讲一个悲伤的故事给你听。我的文章《父母在，人生才有娘家回》在公众号发布后，朋友杨洋陆续给我发来几段长长的微信，讲述他的故事，看完让人唏嘘。

我和杨洋虽然相识多年，但并不是关系亲密的朋友，只是一直保持联系而已。我眼中的他，内向羞涩，性格温和，做事非常认真。没有想到，在他的人生故事里，贯穿着如此痛苦的隐忍。

征得他的同意后，我将微信内容整理成文，分享给你。这样一个故事告诉我们：不是所有血脉亲情都甘甜如蜜，不是所有幸福都唾手可得。

愿你我握紧手中幸福，珍惜当下所有。

如果有一天，时光可以穿梭，你真的想回到童年吗？

我的答案是，绝不！

从八岁开始，我就盼着长大。

虽然童年也有少许无忧无虑的时光,但更多的,是被全世界抛弃的恐惧。这里面,有因为过于弱小而不得不屈从的委屈,有无人言说的悲伤,有不被理解的孤独,甚至还有我成年后都无法做到的隐忍。

我,绝对不要回去。

爸爸是擅用冷暴力的高手。

每次和妈妈吵架,爸爸虽然不会打骂妈妈,但会决绝地把她推出门去,不管是半夜三更还是夏日骄阳,抑或是滴水成冰的寒冬腊月,每次都照推不误。

"走走走,别让我看见你。"他说着,关上了门。

门外站的是惊慌失措的妈妈,可能没穿御寒的外套,也可能没带一分钱。

把妈妈推出门后,爸爸不管不问,吃饭、睡觉、看电视一切如常。几个小时后,妈妈悄悄回家。如果回来时爸爸没有反应,那谢天谢地,这一关捱过去了;如果爸爸一脸阴郁地走过去,挡在妈妈面前,那么妈妈赶紧又转身出去,直至爸爸消气之后才能回家。

而父亲的性格,从来没有因为母亲的委曲求全而有所改善。他发火的原因有时很可笑,比如妈妈没关厨房的门,油烟味飘进了客厅;比如妈妈接电话的声音很大,他觉得听起来很没教养;比如要出门时,发现想穿的那件上衣竟然有块油渍……这些鸡毛蒜皮的小事都有可能点燃他的神经,一瞬间冲到峰值,接下来就是把妈妈推至门外。

每次风波之后，父亲的冷暴力通常还会持续几天，他不仅不与母亲交谈，连眼神也不会跟她对视一下。母亲则屏息静气地做着家务，仿佛也羞愧着自己的存在。

这时，我最盼望的就是考试，拿回一张写着高分数的卷子，爸爸看两眼，从喉咙里挤出一句："嗯，还行。"然后不说话，递给身边的妈妈。终于，阴霾密布的天空中露出一丝阳光，我用优异的成绩换来妈妈的一次解放。

爸爸是部队转业军人，妈妈是随军家属。爸爸自始至终认为，妈妈能够从偏远的农村落户到北京，过上城里人的生活，是大大地沾了自己的光。

因此，爸爸也理所当然地认为这是完全属于他的家。至于老婆，没有他这位主人的恩准，就不能待在家里。

妈妈在北京没有亲戚朋友，而爸爸明令禁止妈妈将两人的不和外传。所以，在被赶出家门无处可去时，妈妈在家附近游荡，在昏暗的自行车棚呆坐，在破旧的楼道里避寒，遇到邻居还要强颜欢笑地打招呼，找个正大光明的理由搪塞过去。

遇到这种时候，如果我为妈妈鸣不平，通常也会被一起赶出门去。

记不清多少次，我们母子俩被肆虐的蚊虫叮咬，或是被冻得瑟瑟发抖，心里祈祷着父亲的怒火赶快平息，好让我们顺利地回家。而那个被称为父亲的人,在我们回家时,绝不会上前来问候一句。

有一年冬天,我和妈妈在外避难回来后,被冻感冒,发起了高烧。半夜时分,烧到40℃,爸爸背着把我送到医院,输完液,又背着我回家。

我虚弱地趴在爸爸背上,感到陌生和羞涩,这是我从记事到成年唯一一次与父亲如此亲近。

爸爸对我说:"别人的爸爸,发起脾气来打老婆打孩子,我从来不打。一个家庭就得男人当家,女人当家是要败家的……你要听话,长大了才有出息。"

那时,我刚上小学一年级,天真地以为世界上所有的家庭都是这样的,以为真如父亲所言,不挨打是自己的幸运。

但后来,当我去一位要好的同学家里玩,看到同学的父母一边轻松唠着家常一边并肩忙碌做饭的情景时,我心里一直存在的那点儿怀疑被解开:自己的家庭是有一点儿不对劲儿的。

即将上三年级的那个夏天,一天下午,天色阴沉,暴风将至,父亲又莫名地发火,母亲再次被赶出家门。

我在自行车棚里找到了妈妈,她正坐在一辆自行车的后车座上。我走了过去,与母亲隔着一段距离,坐在了另一辆车的后车座上,母子俩长久地沉默着。

天上下起了雨,风夹带着雨丝飘进棚里。

突然，妈妈开口说了一句话："你快点儿长大吧。"

我看向母亲，母亲怔怔地看着前方某处，并不看我。

那一句话，在我心里犹如电闪雷鸣。我突然明白一个道理：对啊，我可以长大，长大了我就能带妈妈离开！

从那一刻起，我的童年就结束了。

接下来，是一个优秀少年成长记，我以优异的成绩考上了大学。

大学毕业后我尝试创业，经验不足又求成心切，结果一败涂地。经济窘迫时，我睡在朋友家的沙发上，连自己的一张床都没有，更别说带妈妈离开。

那年的春节，妈妈再三电话催促我回家过年。虽然极不情愿见到父亲，可同在北京，我实在找不出理由再逃避。

结果大年初一，我还是控制不住，和父亲大吵一架。我细数父亲当年的种种，控诉他的冷血与自私。父亲上了年纪，现在轻易不再赶母亲出门了，那是因为他身边需要有人照顾，但赶儿子出门还是毫不留情的。

我被赶出家门时，还穿着拖鞋，狼狈不堪。

妈妈下楼来，给我带了鞋。我穿上鞋，对妈妈说："妈，跟我走吧，不能再让他欺负你了。"

妈妈送我到小区门口，一路听我说着，临分手时，妈妈说了一句："我不能连累你。"

我转过身去，眼泪忍不住地流下来，满脸是泪地走到了公交车站。

是啊，我有什么能力带妈妈走？我寄住在朋友家里，电视想看哪个台都要征求别人的意见，难道让妈妈也过这种日子吗？

我沉浸在自责的情绪里悲不可抑。

年前，我终于在燕郊买了房。

爸爸听说我在这个地方买房，很是嘲笑了一番："你个北京人，跑到河北去住……"

我无所谓。交房那天，我把妈妈接来看我的新房子，新房子有两个朝阳的卧室。我告诉妈妈，以后咱们就住这儿了，我住一间，你住一间。

妈妈沐浴在和煦的阳光里，一脸舒展的表情。

可待了一会儿，妈妈微笑着说："我不能给你添麻烦，我得回家了。"

我和妈妈争执了一番，我甚至还发了火，但妈妈还是固执地回家了。

那个被她称为"家"的地方，她已经住了30年，但没有一天真正把她作为女主人接纳过。

那晚，我大哭一场。

一直以来，我以为自己努力向前奔跑，长大成人，就能够摆脱父亲的控制，让自己和妈妈过上幸福的生活。可是，在那晚，我却不得不承认，即使我拼尽所有，也无力去改变这样一个残酷事实，那就是：父亲的阴影，在我和母亲的生活里，已无处不在。

未来，我或许可以拥有自己的家庭来治愈疗伤；而妈妈，则永远地留在那里，日复一日地煎熬。

和二三十年前不同的是，如今，她已能微笑着去承受这煎熬。

这微笑，更让我觉得悲伤。

深夜里，我像孩子一样大声痛哭。

愿你被生活温柔对待

  2000年,我在广东惠州的一家公司做销售工作,阿林是我当时的助手。他聪明但不张扬,踏实却不木讷,既认真负责又融会变通。我下的订单,只要有阿林在工厂盯着,肯定保质保量按时完成。
  工程师最烦与销售部沟通,他们说我们都是技术盲＋自大狂,只会追业绩,不考虑现实情况,客户说什么都好好好,转过身来向工厂作威作福,把我们批得跟卖国贼似的。但他们都认可阿林,阿林懂技术,这是他们的共识。
  虽然只有高中毕业,但阿林一向勤奋好学,在技术层面,可以与工程师毫无障碍地沟通。公司的日本工程师一向严苛,可阿林是他最欣赏的人,经常看阿林拿着图纸,用磕磕绊绊的日语向他请教,而他也总是很认真地回答。
  生活中的阿林内向少言,除了工作上的事,他很少与我交谈。
  "阿林,你这么聪明,为什么不考大学?"合作半年后,在一次去东莞的路上,我问他。
  "我考了呀,可惜上不了。"

阿林考了一所不错的大学，可同一年，复读两年的哥哥也考上了，父母年衰，家中没钱，父亲决定让阿林出来打工供哥哥上大学，"我爸说我哥哥身体弱，干农活都吃力，更别说打工了，让他读大学可以找份坐办公室的工作。"

可能因为好久没和人诉说的缘故，那天的阿林打开了话匣子。

"我名字里有个'立'字，是因为我出生时是站着出来的，生下来就没气了，不哭不叫，我妈也昏死过去了，大家都去抢救大人，没人管我，是卫生所里一个刚分配来的小护士把我救活的。

"我从小就淘，净干些别人想不到的坏事，村里人都嫌弃我，他们说我将来是坐监狱的料，我爸天天揍我，我妈说是因为我哥太听话了，所以我把他那份也淘了。"

我看着此刻微笑着的阿林，真难以想象他天天挨揍的样子。

"出来打工后，我就想一定要给自己争口气。我三年没回家，除了每月给我哥寄钱，我自己几乎不花钱，反正公司管吃管住。第四年夏天，我把攒的两万块钱通过邮局寄回家，整个村子都轰动了，大家都说老林家的小儿子有出息。"

"寄完钱我坐火车回家，刚到村口，就有人跟我爸说了，我爸在家吃饭，连碗也忘了放下，就那么端着跑出来迎我，看见我就抱着我，哭一会儿笑一会儿，嘴上还沾着米粒呢。"

说到这，阿林有点儿不好意思地笑了。

"我出来后才知道我爸对我的好，村里跟我同年的，好多初中就出来打工了，我家那么穷，我爸借了好多钱，一直供我读到高中毕业，他是真心希望我能多读些书的。我想攒点儿钱，给家里盖新房子,我们家现在住的房子是村里最破的。"

阿林比我小两岁,在他更小的年纪时,就挑起家庭的重担上路了。曾经桀骜不驯的少年,长成了今天稳重诚恳的阿林,在这化蛹成蝶的蜕变中,他所经历的磨难是我难以想像的。

阿林后来辞职,去了一位老乡的公司工作,以他的努力和智慧,是否过上了他想要的生活?

还是同一家公司,它有一家两千多人的分厂,只处理来自日本的订单,平时我与这个厂很少有业务交集,那天恰好去办事。

我去的时候临近傍晚,下着毛毛细雨,工厂门口聚集着好多拿着行李的女孩儿,一脸焦灼和迷茫。

门卫告诉我,因为近期来自日本的订单减少,所以下午裁了一部分员工,没有提前通知,没有任何补偿,只要求你必须!马上!离开!有些员工刚下夜班,就被叫到人事部结算工资,然后在保安的监视下去宿舍收拾行李,接着被赶出工厂大门。

她们中的大多数人来自四川、江西、贵州、湖南的贫困地区,打工所得基本都寄回了家中,很多女孩小学没毕业就出来打工了,找一份工作不容易,又没有积蓄,现在何去何从?

天下着雨,女孩们聚集在这个曾经熟悉的工厂门口,不敢离开。一家年销售额几亿的公司,需要时让这些女孩连续工作24小时,不需要时像用完的抹布扔之门外,不管不顾。

我不知该如何帮助她们,只会陪着哭,门卫也陪着掉眼泪。在她们的无助面前,我们的眼泪毫无用处,只能徒增悲伤。

天慢慢黑透了，女孩们最终拖着行李离开了。如果运气好，她们会找到老乡对付一晚，如果找不到呢，悲剧很容易就发生了。天地之大，竟没有这些女孩的容身之处。

从南方回到北京后，我入职一家面向外来务工群体的杂志社上班，还顺带着做一些公益项目。

某个夏日午后，一个女孩来到杂志社所在的四合小院，小脸被晒得红红的，穿一件干净的格子衬衫，安静地坐在椅子上。

同事问："你有需要帮助的事情吗？"

"没有，姐姐，就是看了你们的杂志，想来找你们说说话。"

她今年17岁，来自甘肃一个偏远的农村，父母整日辛苦劳作，一年的收入还不够全家人吃。13岁时，她由熟人介绍来到北京，给现在这家人做保姆。

13岁的孩子，来了北京之后就再未回过家，因为回家路费不菲，不如把这钱寄回去贴补家用。刚来北京时，她夜夜做着回家的梦，她想爷爷奶奶、爸爸妈妈，想她一手带大的弟弟，想念因患脑瘫从生下后就从未离开过床、从未出过家门的哥哥。

她说，我要赚钱给哥哥看病，供弟弟上大学。

过了几个月，秋风乍起，小院一片萧瑟时，女孩又来了，这次她穿了一件环卫工人的工服，那衣服衬得她成熟很多。她已经不做保姆了，找到一份打扫公厕的工作。

是原来那家人对你不好吗？

"不是，叔叔阿姨都不让我走，小弟弟哭了好几天，我是瞒着他们先找到现在的工作，交了押金。"她说，"小弟弟已经长大了，其实他们不需要保姆了，我不想总让叔叔阿姨可怜我。"

"辛苦吗？"

"不辛苦，单位管住。我要攒钱给哥哥买个轮椅，把爸爸妈妈和哥哥接到北京来玩几天，可以就住在我那儿，单位不管的。"

她说着说着，脸上就泛起笑容。

之后，女孩又来过几次，每次都是又平静又快乐的样子。第二年，我离开那家杂志社，我们再没见过面。

那么好的女孩，她的心愿最终实现了吗？有没有遇到善良的爱人，过上幸福的生活？

20世纪90年代，一首《祝你平安》曾风靡一时，我想是因为其中两句引发了太多人的共鸣。"你的付出还那样多吗？你的所得还那样少吗？"我等凡人，被命运的洪流裹挟向前，三分天注定，七分靠打拼，付出与收获相抵就是一件值得庆幸的事。可总有一些人，从未松懈，却极少获得。

当我做了母亲后，想起那个13岁就远离父母的孩子、想起放弃大学梦18岁就养家的阿林，想起那些在细雨中无助的女孩们，更加心疼。

有些人与生俱有的，恰是另一些人费尽一生所为之奋斗的，生活中的不平事，如何洒脱面对？认真生活的人们，愿你被生活认真对待。

莫欺少年贫

前几天,偶尔看了鲸书的《继父》,看得大热天里脊背冒冷气。

如果这不是虚构的小说,那就可以理解鲸书冷酷的文风从何而来——来自于她童年和少年时生活过的地狱,来自于继父对她长年施加的暴力、厌恶和冷漠,来自于周围人等对她身陷困境时的旁观和蔑视。她曾经非常渴望得到继父的父爱,表现得懂事、体贴,甚至于有些谄媚,但小孩子所做的一切努力都无济于事,最终,鲸书接受残酷的现实:"你该庆幸,把我折磨得不对你寄予任何希望,于是从此也不再失望,一丁点儿都不会有。"

她像少年张爱玲那样,早早看透了生活的本质:"我们从此不公平地相处了十多年,他毫不节制地打骂我,我冷笑着再怎么痛都不哭,想你终有后悔的一天,他不知道他迟早会输。"

继父意识不到,这个看似弱小无能的女孩在长大。终有一天,变得比他有力量有智慧,于是,位置颠倒,她站到了强者的位置上,用自己的方式去报复他。

当鲸书考取大学,成为家族的荣耀时,在接受亲友们祝贺的家宴上，鲸书向继父敬酒，按舅舅的要求，冷静而流畅地向继父说着感谢的话，看他难堪，看他在亲友面前失态地大哭，她心里痛快极了："我再不可能爱你依恋你，我看你一眼都嫌累，还有我不愿承认不敢相信的、直觉里根深蒂固的恐惧，但我尽己所能地对你们好，或许还能让你余生都生活在愧疚里呢，虽然你多半没这个觉悟。" 让他不得不接受一位他曾经无情凌辱过的人的施舍，让他余生都活在她的恩典里。这是最解恨的报复。

那些劝鲸书要宽容、要体谅的人，闭上嘴巴吧，那是神明该做的事。如和菜头所言：你每天有2个人骂你，我每天有5000个人骂我，你还跟我谈气量？

在我童年时，最恐怖的经历之一，就是过年过节时，不得不去拜访一门亲戚，忍受他们如帝王般高高在上唯我独尊的姿态。

那位亲戚帮我父母解决过生活中的一些困难，父母对此心存感激，这正是在重要的节日提着礼物去拜访他们的原因，但这不是他们可以随意凌辱践踏我们尊严的理由。我记得他们羞辱过我的姥姥姥爷；我记得他家的女儿，当着我这个孩子的面，冲我爸爸发脾气，口无遮拦，她根本不在意我爸是她的长辈；我记得为了准备体面的礼物，妈妈整夜辗转反侧，左右为难。但如此精心准备的礼物，送到他家时，迎面而来的总是一脸鄙夷；我记得有一次把新鲜的海鲜送到他家，他们正在吃饭，没有一句迎接或感谢的话，一桌人耷拉着眼皮，看都不看我，只是淡淡地说了一句："放在那儿吧。"然后，没了下文，我尴尬地呆站一会儿，最后狼狈地逃出门去。

每次我向妈妈抗议，表示自己不愿再去他家时，妈妈总装作不在意的样子："嗨，他们没有坏心眼儿，他们就是不爱理人的性格。"

这话用来安慰我，也安慰她自己。

后来，在他女儿的婚礼上，我亲眼目睹他们对来访的"贵宾"朋友如何热情友好时，我才认清现实：他们的冷漠不是性格问题，而是他们自行划分的"等级"问题。

是的，我不应该记仇，我记得：在奶奶生病时、家里盖房时、我遇到困难时，他们都曾帮过忙，而我的父母不管人前还是背后，只要提起他们总是发自内心地表示感谢。所以，我牺牲了孩子的自尊心，以成年人的隐忍，去面对他们的傲慢无礼。甚至在他们嘲笑我的妈妈时，我还在一旁帮腔："可不，我妈就这样，做什么事都可粗心了。"希望以此获得他们的欢心，拉近与他们的距离。

我不能原谅那样的我，浅薄无知，只会一味地迎合别人。我不像鲸书粉丝者众，写文昭告天下，给自己扬眉吐气。他们经济宽裕，也不需要我的恩典。我能做的，就是成年后，断绝与他们的一切联络与往来。

枉活了几十岁，曾经遇到过一些不平事，但来自童年和少年的这份不愉快是分量最重的，因为那时的自己天真弱小，无力反抗，无法选择。

你可以不喜欢某个人，可以远离他，但不能羞辱他。尤其是一位少年,你的羞辱,会给他的成长留下火烫般的烙印。

世事无常,未来,有任何的可能性,善待别人也是善待自己。

写下这篇小文,不为报复,是对妈妈的道歉,那么不懂事的我,她还当宝贝似的呵护着。

砍价记

每次我买件喜欢的衣服回家，正沉浸在缴获战利品的喜悦中呢，妈妈必然凑上来使劲扯扯衣缝、翻翻里子、看看标签、分析下材质，问："多少钱？"和妈妈打了这么久的心理战，我已形成一个报价策略，那就是把价格对折、再对折。一边说一边观察妈妈的脸色，如果她露出"还凑合"的神情，报价就停止，把话题引向"晚饭吃什么"；如果她身体依然前倾、一脸紧张，就再减二十至一百元不等。

总之，所有的报价都被妈妈认为不值，都会让她揪心地认为：傻孩子，又遇上个黑心店主。

以我妈的逻辑，世上所有的衣服都不应该超过10块钱，注：是人民币，而且店主最好再倒贴一块布头，千恩万谢地让我们赶紧拿走帮他腾地方。我妈总是恨铁不成钢地说："你那钱是大风刮来的，怎么也不再砍砍价！"

可是，如果99%的女人都会砍价，我就是那郁闷的1%。

上初一时，需要买双球鞋，妈妈让我自己去市场买，给我五元钱加一句话"一定要砍价"。

我如上战场一般出发了,一路上想着砍价的各种措辞,酝酿种种表情,以示自己精于此道,想让我吃亏,没门!

当站在店主面前时,之前所有的努力都归零了。

店主说:"四块钱一双。"

我心中如有千军万马呼啸而过,耳朵里嗡嗡地响,低着头小声地问:"三块九卖吗?"

就算低着头,我也听出了店主的笑意:"不卖!"

我紧紧攥着一元钱和球鞋回了家,满腹屈辱与挫败感,发誓再也不踏足市场一步。

但是,世上市场千千万,我不进这家也得进那家,不进实体店也得上网店。

不知为什么,平时精神蛮好,一到砍价的场合就脑袋发蒙、心里发怵,算数也开始不灵光。想当年,我微积分、线性代数、统计学、概率论的成绩在班里都是名列前茅的。

可惜,砍价与这些无关。

有位昔日的同事,砍价功夫真是一流,她在我隔壁办公,占据地利,得以每天收听她跟供应商砍价的现场直播。听了一年,我没学到半点儿本事,但明白一个道理:砍价是个技术活!

必须具备良好的心理素质,面对再心仪的商品,也能不喜形于色,否则立刻处于下风。

时刻坚定原则,不要被供应商装可怜、扮高档所迷惑。

学会换位思考：我知道你不容易，可要换我们领导跟你谈，你更吃亏。

关键时刻出卖一下老板：老板介绍了个关系户，我不同意，没合作过的我不谈，你办事，我放心。

别忘了描绘宏伟蓝图：咱们是长久合作，这是个大项目，做成了你在业内也会名声大振，客源必将纷至沓来。

还要厚脸皮，赠品是一定要有的，不要白不要。

谋略当然必不可少，有进有退，软硬兼施，审时度势，该出手时出手，该转身时转身。以我的情商，努力两辈子也赶不上。

当老家来了女性朋友，她们总是兴致勃勃地问我："听说北京有个动物园服装批发商场，咱们老家那些卖衣服的都来这里进货，去逛逛？"

我如果不识相地拒绝，回老家就没朋友管饭了，所以我事先声明："可以陪你逛，但我不会砍价。"

一般吃完早饭出发，而且一定要吃饱，最好吃撑，因为一逛起来午饭往往就省略了。从进了市场大门，瞌睡劲儿就排山倒海地扑将过来，周围一片嘈杂，音响震天，我却昏昏欲睡，手插在朋友的衣兜里，两条腿机械地跟着走，嘴巴也一唱一和地配合。

朋友："老板，我会多买的，你出个实在价儿。"

我："实在价儿！"

朋友："小姐，你看这儿都冒线了，便宜点。"

我："便宜点。"

我的一半思维已经陷入梦乡，好像睡在沉静的湖底，但另一半还清晰地辨别着湖面之上传来的各种声音。突然，一个声音隐约响起："这鞋是今年的最新款，你真想买就三百六。"

朋友："你真想卖，八十！"

我一个激灵清醒过来，紧紧握了下朋友的手，对面是个正在吃盒饭的大姐，听完回价生气地把鞋从朋友手里夺回来。

朋友拉着我就走，我低声说："你可真敢，我都害怕人家打你。"

走了几步，大姐在背后喊："回来，回来，一百二卖给你了。"

朋友控制住脸上得意的表情，转过身去："一百！"

大姐气哼哼地从花车下掏出鞋盒，一边装一边嘟哝："给你了，给你了，连个车票钱也挣不出来。"

我是怀着愧疚之心从大姐手里拿过鞋盒的。

出了市场大门，已是黄昏，吸一口污浊的雾霾之气，我立刻精神焕发，帮忙拎袋子我一向是不惜力的。朋友赞许地看我一眼："走，咱们再去对面逛逛。"

天了噜，从天而降一只猪

我姨夫兄弟姊妹九个，他是第八个孩子，上有五个哥哥和两个姐姐，下有一个妹妹。可想而知，当他到了可以婚娶的年龄时，家底已被掏空。虽然姨夫一米七五的个头，相貌堂堂，但一个无形的"穷"字，成为他婚姻路上一条难以逾越的沟壑。在知根知底的乡间，姨夫的相亲活动屡屡失败，几年过去，竟成了远近小有名气的光棍儿。

一个初春的下午，几十次相亲失败的姨夫，沮丧地走在回家的路上，突然，前方出现了一只活蹦乱跳的小猪崽，当时是20世纪70年代末期，一只健康的猪崽意味着未来将有一笔可观的收入。

怎么办？"猪归原主"还是抱回家？姨夫经过激烈的思想斗争，还是选择了前者，想尽种种办法，终于找到猪崽的主人，得到千恩万谢。可惜，猪崽的主人家只有儿子，没有女儿，否则他一定会认下我姨夫这个"拾猪不昧"的好女婿，如果那样，这段由一只猪崽引发的姻缘，必将成为方圆几十里家传三代的八卦谈资。

哦,那也就不是我姨夫了。

对不起,各位,以上的故事开头是真实的,结局却是虚构的。我姨夫之所以成为我姨夫,就是因为他在捡到猪崽后遵循了内心的欲望:家里穷,把这只猪崽养大了可以卖钱。

猪崽抱回家养了一年,在这期间,我姨和我姨夫缔结姻缘,本来没有钱置办婚礼,幸亏有这只养大的猪,用它换来的钱操办了一个简单的婚礼。

之后,我姨夫正式成为我姨夫。

几年前,姨夫去世了,每次家族聚会时,大家总会说起他:他的幽默与孝敬、他的好脾气和慢性子、他的心灵手巧、他在亲戚朋友有难时伸手相助而不求回报,当然,还有他与这只猪的"不解之缘",常常让我们在伤怀时又笑起来,笑时又格外怀念他。

十几年前,我姐夫在黄岛工作,那时的黄岛刚刚开发,除了核心城区,其他地方还很荒凉,好像处处充满机会。在这样的前景诱惑下,姐夫咬牙告别姐姐和不满一岁的孩子,来到这块想象中的圣地。

可惜事与愿违,姐夫所跟随的老板极不靠谱,工作辛苦姑且不提,工资发放随老板心情,而一年中老板难得有几次好心情。

有一天,在外地处理完工作,已经接近半夜,姐夫开着车和同事匆匆赶回公司。荒僻的道路上没有路灯,来往车辆极少,四周是影影绰绰的树林，车灯在前方劈开浓重的黑暗，又在车后很快合拢。两人赶路赶得心急，车速很快，突然（第二个"突然"），前方道路上竟然出现了一只活物，姐夫赶紧急刹车，定睛细看，竟然是头猪。在这样的黑夜，这样的荒郊野外，这只猪出现得如此诡异如此魔幻。

马瘦毛长，人穷胆壮，在被老板压了半年工资的压力之下，姐夫和同事把"害怕"两字抛到九霄云外，两人跳下车，双双化身神臂王，前追后堵，合力抓住这头两百多斤的大肥猪，抬上车，第二天清晨运到市场，卖了一个好价钱。

和同事分了钱，虽然不多，但好歹也是笔收入。姐夫想家想孩子，坚定了辞职的决心，从此别过黑心老板，结束一家人分居两地的生活。

虽然姐姐一家现在过得并不富裕，但一家三口每天早上一起出门，晚上坐在一桌吃饭，一人做菜，一人洗碗，不再承受分离之苦，这不就是幸福吗？

一位朋友，几年前带着几位美国来的养猪专家去四川的乡下考察项目。载着他们的车辆行进在崎岖的山路上，突然（第三个"突然"，因为猪的每次出现总是让人猝不及防），视野所及之处，远远地走来了一位推着独轮车的老汉，车上绑着一头大肥猪。

专家很奇怪，便问朋友："这头猪生病了吗？"

"不，"朋友回答，"这是头种猪，要去配种，主人怕累着它，所以推着它去。"

来自美国的专家有点儿激动，据说是因为美国养猪业已实现规模化和工业化，基本都是人工授精，多年未见这种自然繁殖的方式了。他们停下车，在征得老汉的同意后，几位专家和车上的种猪一一合影留念。

拍照结束后，考虑到占用了种猪的工作时间，专家们付了一些钱给老汉以做补偿。

听了这个故事，我为它想象出一种结局：这次奇遇，不见得给老汉的人生带来改变，但一定会让他在接下来的几天中，又纳闷又快乐，不管是路遇还是到家中拜访，他一定会和每一位相熟的乡亲讲述这段经历："那几个外国人真是奇怪啊……"说的人笑，听的人乐。人多时，大家还会起哄再让他更详细地讲一遍，不久十里八乡都会传开这件轶闻，那只猪也会成为一只"明星猪"——瞧，它就是那只和外国人一起照相的猪。

世界扑面而来

在和平年代,世界就像父母眼中的孩子,成长得比想象中快得多。

20世纪70年代,妈妈在一家乡镇中学当教师,那时还叫公社。有一天,公社门口贴出一张告示,上面写道:再过五年,可以实现每五个公社拥有一台电影放映机。老乡们看了直撇嘴,吹!

过了几年,先富起来的人买了电视机,电影慢慢没人看了,至于几个公社分一台放映机也没人关心了。

我爸对新科技一向敏感。1994年,他买了一台电脑配上佳能喷墨打印机,我家成为家属院第一个拥有个人电脑和打印机的家庭。我妈特意扯了块花布,盖在电脑上。同事、朋友、同学、邻居,大家组团来参观,我给他们打字看,打一个他们赞叹一声。

我爸用这台电脑学会了五笔打字、DOS命令和WPS办公软件。那个年代的WPS,用各种字母代表字体、字符、间距、横竖线等等各种命令,像天书一般,爸爸竟然用它完成了自己的第一部书稿,好强悍!

1997年夏天,我从北京回家,推荐爸爸用Windows,爸爸有点儿急了:"不用不用,我拼了老命才学会WPS,还再学?"

Windows安装完毕,爸爸看我演示,沉默良久,说了一句:"怎么会有这么好用的东西?以后学电脑这么容易了?"

老人家有些怅然若失。

2000年,我和同事一起出差,候机时他跟我说,人手一台笔记本电脑的时代即将到来。

我心想:切,怎么可能。

没过两年,我就被打脸了。"神州小本,每人一本"的广告,好像就出现在那时候吧。

2004年,我和同事去见一位财经记者。他跟我们聊起淘宝网即将出台支付宝,我们听得云山雾罩。他不屑地说:"这东西成不了气候,要真成,银行能容得下它?"

刚过去的双十一,淘宝销售额超过一千亿元。

我的孩子长大后,一定无法想象经过漫长的等待,从邮递员手里接过信件的喜悦,那是我的时代。就像我无法理解年少时的爸爸冒着风雪走了几十里路去看望朋友的心情,那是他的时代。

在我们不经意的时候,世界跑起来,向我们扑面而来,只向前不退后。昨天看到的事物还是不可思议,明天也许就开始嫌弃了。

潮涨潮落太快太快。比如昨天还是资本眼中香饽饽的各式O2O应用，还没等我们逐一尝过鲜，早早地就遭遇到了寒冬雾霾。至于明天太阳升起时，下一个站在舞台中央的宠儿，谁知道又会是什么呢？

我上中学时，每天都会经过一排房子，连续几年，它的房门总是紧锁，窗户上贴着报纸，门口有时会停几辆自行车或小货车，但看不到人进出。我忍不住好奇，是什么人住在里面？在做什么事情？

前几年回到老家，家乡的小城正在大规模拆建，许多熟悉的老建筑无迹可寻，但我奇迹般地又看到了这排老房子。它在周围楼房的映衬下，显得破败而具有沧桑感，依然是房门紧锁，窗户的玻璃上依然贴着旧报纸，20多年，它好像一直守着一个秘密，连报纸都没换过似的。它被新世界包围，却坚守着自己的方寸之地，不为所动。我看着它，好像穿越回到少年时，因为球鞋破了一个洞，跟妈妈嚷了一通，饿着肚子生着气去上学的清晨。

和抑郁症患者同住的日子

搬离和岩岩共住的那间学生公寓两年之后，同事某天翻看我的相册，突然惊呼："你认识岩岩？""是啊，你又怎么会认识她？""我们是校友，"同事是北京对外经贸大学毕业的，"一起上过大课。"

她观察着我的脸色，试探着问："她后来好了吗？"

"什么意思？"

"好像是大四的时候吧？有一天半夜，警察发现岩岩背着包在街上游荡，说不清自己的身份，后来警察在她包里发现了学生证，给我们学校打了电话，才把她领回来的，后来她就休学去治病了……"

算下时间，我认识岩岩，是在她大学毕业之后。我突然明白，为什么岩岩后来与我初识时的印象判若两人。同事指指自己的脑袋，同情地说："她这儿，有点儿精神病。"

然而，时光再走十几年后，我才真正地明白，我当时的"明白"多么轻率和浅薄。岩岩，应该是一名抑郁症患者。在众人对抑郁症缺乏了解的年代，我们都自作聪明地把她视为精神病患。

刚刚参加工作时，为了节省开支，我搬到人民大学附近的一座学生公寓。

那天，春寒料峭，我顶着毛毛细雨，拖着沉重的行李箱，手里提着脸盆、水壶、饭盒等一堆乱七八糟的生活用品，狼狈不堪地推开房门时，里面有两个女孩，分别坐在床上戴着耳机看书。她们抬头看了我一眼，都没有说话，目光又回到自己的书上。

我有些尴尬。

"你是新来的？"背后响起询问声。我转过身，是一个高个子女孩，她满面笑容，手里拿着一本新东方单词红宝书。我向她点点头。"我帮你搬吧。"还没等我客气，她就把我手上的几个塑料袋接了过去，把我领进宿舍里的一张空床前。

她就是岩岩，当我走进那间陌生的宿舍时，第一个对我微笑、跟我打招呼的人，告诉我食堂、厕所、洗澡间的位置，告诉我何时淋浴人最少，以及哪个时间段在宿舍里偷着煮方便面最安全。

这间宿舍一共住了四个人，相处一段时间之后，我发现岩岩是最开朗的，我的性格内向，其他两个人比我还闷。宿舍里配备的电视机信号接收不好，或是灯泡坏了，或是卫生打扫得不干净（保洁员每天统一打扫），都是岩岩主动去和宿舍管理员沟通。

四个人中，我是初入职场的菜鸟，岩岩正在准备 GRE 考试，而其他两个人则是民办大学的学生，大家每天都是早出晚归，虽然不是那种亲密无间的友谊,但相处得非常愉快。

岩岩很勤奋,生活也很有规律,每天去附近的人民大学上自习,一去一整天,晚上将近十点才回来。每个周五晚上,是她一周中唯一的休息时间,也是我们四个人难得的共同休闲时光。

食堂的饭菜不尽如人意,所以每个周五的晚饭,我们四个人会一起去小饭馆,费用AA制。平日里油水缺大发了,每到此时,丝毫不顾及女孩形象,犹如饿狼抢食,上一盘吃光一盘。最后一道菜必点鲫鱼豆腐汤,每次岩岩都会郑重地叮嘱服务员:换大盆,加两倍水。汤上桌后,每人三四碗,稀里呼噜一眨眼就喝光,肚子撑得溜圆,互相搀扶着回宿舍。接下来,就是期盼一周的看电影时间。

岩岩买了一台电脑(那时都是台式机),每个周五的晚上,她都会给我们播放电影。我们住的房间号是316,她说这里是"316电影院",我们便戏称她为"放映员"。在认识岩岩之前,我对电影的兴趣寥寥,是岩岩带我领略了那些经典影片的美妙之处。

《阿甘正传》《末路狂花》《肖申克的救赎》《两生花》《木乃伊》《魔鬼代言人》《闻香识女人》《夜访吸血鬼》《这个杀手不太冷》《美国往事》《阳光灿烂的日子》……不知她从什么渠道,得来这些影片的光盘,让我们每个周五的晚上都沉浸在精彩纷呈的电影世界里无法自拔,上厕所都是一溜小跑。

我还记得看《本能》的那个晚上。影片一开始,便是让人热血贲张的激情镜头,当时音箱的音量开得很大,房间里回荡着让人尴尬的声音,我们四个人震惊得不知所措。是岩岩先反应过来。

那一瞬间，她已然忘记应该先去调低音量，而是抱起一床毯子，像救火一样扑上前去，连毯子带身体，一起压在音箱上。多年后，我想起这个场景，还是会忍俊不禁。

岩岩是从什么时候开始变得行为古怪的呢？细想应该就是从她做兼职起。

夏天来临时，有一天岩岩回来，告诉我她找了一份推销化妆品的兼职工作。我说，你秋天就要考试了，考完再做也可以啊。她说，大学毕业后没上班，这两年花了家里太多钱了，有这个机会就想试试。

刚开始，岩岩学习一天工作一天。不能不说，她很有销售天赋，爱说爱笑，很有感染力。几周后，她就销售了两千多元的化妆品，这使她大为振奋。为了获取最优惠的折扣，她一口气进了七千多元的货，成为公司那个月的"新晋销售明星"。十几年前，对于一个学生而言，这是一笔很大的投入。

从那之后，岩岩变得更加忙碌，慢慢地不再去人大上自习课，而是提着沉重的箱子，顶着酷暑，奔波于周边几所大学之间，每天很晚才回来。好几次，她一进门，就累得歪倒在床上，饭也不吃，水也不喝，直接和衣睡去。

那段时间，我们各自忙碌，交流得很少，每周五的聚餐和看电影也取消了，但大家没觉得不对劲，年轻嘛，谁不得拼一拼呢？

也许是身体的劳累和销售上的压力，唤醒了岩岩人脑中沉睡的病魔。

进入八月下旬，岩岩突然变得更加精神十足。白天外出一天，晚上，我们三人都入睡后，她还开着电脑工作，"啪啪"敲击键盘的声音，在深夜里格外刺耳。

一开始，我们三人都选择沉默，希望她能自觉地意识到，这种勤奋对于舍友是一种打扰。但她浑然不知，这种情况一直持续着。直到有一天晚上，我始终半梦半醒，耳边充斥着键盘的敲击声，看看表，已是凌晨三点，岩岩还在电脑前工作。我忍无可忍，起身对岩岩说："该睡觉了，你打扰大家了。"

"哦。"她闷声回答，停了下来。过了好一会儿，我听她终于上床，却不关台灯，拿起什么又放下什么，弄出各种声音。

我承认，从那时起，我开始不喜欢岩岩了。

秋天来了，我突然发现，岩岩不再早起，也很少出门去推销产品。有几次，我下班回来，看到她还穿着睡衣躺在床上。我跟她说话，她也爱搭不理的，我猜她一定是工作上遭遇不顺，看看她床下堆放的那些化妆品就知道了。

再后来，岩岩出现了很多让人看不惯的缺点。她越来越邋遢，床上床下都是乱七八糟的东西，床单不翼而飞，她直接在褥子上睡。有一次，我看到她的枕边，竟然放着吃了一半的面包，还有个插着吸管的酸奶盒。

我提醒她，铺上床单，把床铺整理一下，该扔的都扔掉。"我找不到床单了。"她说。"我帮你找，行吗？"我实在无法忍受，只好毛遂自荐。她同意了。我拖出她的行李箱，没费劲就找出一条干净的床单和枕巾,帮她换上,顺便收拾出两袋垃圾。她全程旁观,一副不置可否的表情。

接下来,我出差了一周。回来后,一推门就闻到一股怪味,岩岩正躺在床上睡觉。同宿舍的其他两位舍友向我使眼色,我们一起来到走廊上,她们轮流向我抱怨:"实在受不了岩岩了,衣服泡了一周,都泡臭了她也不洗;她还不洗澡,身上一股味儿。那天我说了她两句,她就哭起来了,嗷嗷地哭,好像我欺负她似的,气死我了。我们跟宿舍管理员说了,下周换宿舍……"

我回到宿舍,坐在岩岩身边,拍拍她:"岩岩,你睡了吗?"

她转过身,看着我:"啊?"

"你的衣服该洗了,都有味了。"

"嗯。""快去洗,现在水房里没人。"我催她。

她说:"我没有洗衣粉了。"说完,她又背过身去,对着墙,不知在想什么。我看看她床底下的洗衣粉,又看看她。不明白大家都是成年人,她为什么开这种幼稚的玩笑。

一周后,我和其他两位舍友一起搬出宿舍。其他人询问原因,我们详诉实情,所有人听了都同情我们。

不会再见了,316电影院。我们三个人像逃离一般,远离了那个散发着怪味的房间,和那个越来越奇怪的岩岩。

几天后,岩岩的妈妈从老家来了,之后,岩岩跟着她走了,不知去了哪里。听说,走之前,岩岩妈妈把宿舍打扫得干干净净。

很快，那里又招来新的房客。

多年后，我从朋友圈了解到一些抑郁症的知识，失眠、亢奋、撒谎、昏睡、痛哭、不知所云、不知所措、不知自己是谁……这不都是曾经出现在岩岩身上的症状吗？

岩岩，我们曾经的放映员，她当时被抑郁症所困，所以才会判若两人。我们这些朋友，抛下在黑暗中挣扎的她，奔向各自的光明。

看到朋友圈里一篇篇呼吁关爱抑郁症的文章，我扪心自问：如果我当时了解抑郁症的话，我能为岩岩做什么呢？也许只能帮她通知一下家人、对她的日常行为宽容一点儿。其实我心里也是害怕的，能做的很有限，最终还是会选择离开，但也好过当时对她的无视和嘲笑。尤其后者，我想想就惭愧和心痛。

谢谢你，岩岩，那些电影我现在还会重温，也推荐给了更多的朋友，希望你一切安好。

Chapter 4 之于家,
给予你一生爱的地方也给你一身伤

生命无法回到起点,痛苦也不可能烟消云散,

不必因为背负养育之恩就否认伤口的存在,

但要学着治愈和引以为戒。告诫自己,不要做那样的父母,

不要以同样的方式对待孩子,不要让孩子再延续这种命运。

我们也许爱得笨拙,但也好过以爱为名的伤害。

也许给你一生爱的地方，也是给你一身伤的地方

我的朋友杨洋，从小目睹父亲对母亲的冷暴力，成年后，他劝母亲离婚，建议母亲终结这种扭曲的婚姻关系。可是，在经受30多年的精神折磨之后，母亲却表示已经习以为常，还微笑着劝解他，这更使他悲伤。

他曾扪心自问：对父亲只有恨吗？

答案是：不是的。

他清楚地记得，当他半夜发高烧时，父亲背着他小跑着去医院，他趴在父亲的后背上，睡意蒙眬中，听到父亲气喘吁吁的声音；上中学时，父亲省吃俭用，给他买了电脑，让他成为班上第一个拥有个人电脑的人；他创业时，赔得一塌糊涂，甚至赔上了父亲积攒了半生的养老积蓄。父亲却轻描淡写地说："赔就赔呗，我也不指望你养我。"这是父亲的性格本色，话虽不中听，却给当时心情沮丧的他带来些许安慰。

父亲看不起母亲的家人，从不准许母亲把娘家亲戚带到家里来。可是当得知大舅生病住院时，父亲从银行提出五千元现金，

粗暴地扔在饭桌上，一言不发地转身就走。可能就是这些有限的好，支撑着母亲捱过了生活中更多的黑暗。

的确，说起父亲，他有很多负面的形容词：脾气暴躁，自负又自卑，总是对人冷嘲热讽，最可恨的就是父亲从不认为对母亲的冷暴力是一种伤害。

可是，在记忆深处，他又珍藏着父亲对他一点一滴的好。

虽然，在情感的天平上，父亲的好与坏严重失衡。但他也说不清楚，劝父母离婚，究竟是为了让母亲解脱，还是他要报复父亲，想让他晚年孤独、老无所依。

他一直这样矛盾着。与父亲对峙时，那些委屈堆积在胸口，几乎使他要爆炸；但当父亲摔断腿住院时，他又衣不解带地彻夜照顾，父亲的病友都夸他是个孝子。真的是孝子吗？看着躺在病床上虚弱的父亲，他觉得可怜，有时也觉得解气。

心理学者武志红，曾出版过一本书，叫作《为何家会伤人》。在我们的意识和渴望中，家是避风的港湾、是歇息的暖床、是一个温暖的所在。但不可否认的是，很多人的心灵创伤，正是来自于父母和原生家庭。父母对孩子的性格养成、为人处事有着极其深远的影响。

我有一位朋友，父母都是高知分子。在她五岁那年的元旦，下着大雪，父亲外出整整一天，黄昏时才返回。母亲打发她出去玩。然后，她从门缝里看到：父母厮打在一起，文质彬彬的父亲抬起一脚，狠狠踹在了母亲的胸口上。那一幕，像一根钉子，永久地钉在了她的心上。

父亲有外遇了,被母亲发现后,反而更加肆无忌惮,与外遇对象开始正大光明地往来,经常不回家,偶尔回来一次也是与母亲吵架。而母亲,以前只是脾气比较急躁,现在则变成了一个歇斯底里的怨妇加泼妇,要么彻夜痛哭,要么当街怒骂,完全沉浸在自己的不幸之中,<u>丝毫没有意识到她在长大</u>。刚开始,她还同情体谅母亲,后来慢慢变得麻木,甚至讨厌,心中没有<u>一丝愧意</u>。

她不愿回家,在街上游荡,家里的饭,吃在嘴里满是苦涩和辛酸,不再有爱的味道。

10岁时,她早恋了,对方是家里保姆的儿子,一个刚刚入伍的新兵,不过也才18岁的年龄。对方只是在电话中说了几句关心的话,她便不管不顾地扑了上去,全然不怕粉身碎骨。

她写信给对方,要求把自己带走,不然就自杀。对方的母亲吓坏了,迫不得已告诉了她的母亲。

母亲被这种耻辱彻底击垮,对她拳打脚踢,嘴里骂道:"跟你爸爸一个样,下贱、不要脸,你怎么不去死啊……"那天晚上,她在窗前徘徊,真想跳下去一死了之。可是,又没有足够的勇气。

现在的她,30多岁,有着体面的工作和收入。父母在经历了中年危机后,最终还是言归于好,彼此相敬如宾。前不久她张罗了几桌宴席,庆祝父母结婚四十周年。

她的丈夫家境一般,相貌平平,工作虽然稳定但收入不高,亲戚朋友都说他们夫妻不般配,当初恋爱时,父母也向她表露过这个意思。

可是，在丈夫身边，她却备感幸福和安宁。在得知她的童年经历后，丈夫给她拥抱和安慰；在她忙碌于事业时，丈夫承担起照顾女儿的责任，给她足够的支持和信任；在琐碎的婚姻日常中，丈夫给她可靠又恒久的依赖。

从丈夫那里得到的爱和宽容，慢慢修复着她童年的创伤。丈夫不仅接纳了她光鲜亮丽的外在，也包容着她骨子里的暴戾和多疑。

她常常感到庆幸，如果没有遇到丈夫，童年时累积的伤痛，也许会找到一个危险的出口发泄出来，有可能会彻底毁掉她的人生。

我相信，大部分来自于父母的伤害，父母们是无意的、不自知的。当时，他们可能自己身处生活的悲苦之中，身不由己；或是因为自身的成长环境使然，所以也以同样的方式去对待儿女。

我听一位同学说过，他在童年时，父亲因为事业不顺情绪不佳，经常几近疯狂地揍他。成年后，他对父亲又孝顺又客气。有时他想，父亲还记得那段岁月吗？他从不问，父亲也从不提起。

可是那些痛，多么清晰，经常在夜里蔓延四壁，让30多岁的他在梦里哭出声来。这些，深埋在他心里，父亲永远不会知道。

那些受过父母之伤的孩子，很多像我这位同学一样，与父母以一种矛盾的方式相处着：又爱又恨，又关心又疏远，又讨厌又在乎。

那些伤痛,从童年蔓延到青年、中年,如影随形,贯穿一生。作为成年人,我们妥协于世俗,被各种禁忌束缚。那些来自于父母的伤害,在我们的心里,犹如一只猛虎,也许要用尽一生,学习去圈养它、驯服它。

父母那一方,也许永远不自知,也许永远意识不到自己的错,也许心怀愧疚更加小心翼翼地爱我们。

他们日夜祈祷,愿孩子总能被好运眷顾,希望在经历人生的五味杂陈之后,孩子能够消解往事的苦楚,体会父母的不易。

在我还是孩子时,我有种错觉,父母天生就是父母;当了妈妈后,我才意识到,做父母也是要学习的。

试想,如果我们身处当年父母的困境,是否能够比他们做得更好?想必你也没有肯定的答复。

如果你性格中的丑恶因这些伤痛而来,那么你生命中的真与善又从何而来呢?是否也有着父母的影子?

生命无法回到起点,痛苦也不可能烟消云散,不必因为背负养育之恩就否认伤口的存在,但要学着治愈和引以为戒。告诫自己,不要做那样的父母,不要以同样的方式对待孩子,不要让孩子再延续这种命运。

我们也许爱得笨拙,但也好过以爱为名的伤害。

昨晚临睡前,因为一件事,我错怪了儿子,打了他的屁股。事后,他大哭着说:"妈妈,我讨厌你,我不爱你了,我现在转过身去,不想理你了。"他果然哭着转过身去,小小的身子抽泣着、抖动着。我看着他的背影,爱和悔意同时如潮水般涌来,我喃喃地向他道歉:"对不起,宝贝。孩子,我学习着做个好妈妈,也请你多多关照。"

记忆深处,永远吟唱的童谣

在相当长的时间里,童谣退出了我的生活。但是,当我的孩子出生后,当我第一次把他抱在怀里时,这些童谣从我的记忆深处被唤醒,自然而然地从心里流淌出来:

"小宝宝,睡大觉,
睡呀睡大觉,
小宝宝,睡大觉,
睡一觉长大了……"

在我年幼时,奶奶经常给我唱一个乡间童谣,我现在也会唱给孩子听:

"嘎大箩,
嘎大箩,
推麦麦,

蒸馍馍，

你一个，

我一个，

留着一个给大哥，

大哥嫌留少了，

扔给巴狗吃了。"

把它打成字有点儿奇怪，用我的家乡话念起来才有趣。每次唱这首童谣时，我和奶奶在蒲团上相对而坐，手拉手，你推我拉、你拉我推，当唱到"扔给巴狗吃了"，奶奶把我往后一送，然后猛地拉过来，每次我都开心地大笑。

因为这首童谣，我还遭了点儿小劫难。有一次，因为唱最后一句时用力过猛，导致胳膊脱臼，我们祖孙俩走到妈妈就职的学校求助。走到学校时，已是黄昏。爸爸妈妈又带上我，在黑暗中骑行几里地，找到一位民间郎中给我推拿归位。

那是我人生最早的记忆之一。为什么记得这么清？因为那家的老奶奶给我一颗糖。

冬天的夜晚，北风呼啸，在温暖的炕头上，姥姥拍着我和姐姐，低声哼唱着：

"哦，哦，

小孩睡——觉——了，

老鼠跳——囤——了,

小孩醒了,

老鼠跳——井——了。"

我对此总有疑问:"姥姥,为什么老鼠跳囤了。"

"小孩睡了,家里没动静了,老鼠跳粮食囤偷粮食吃啊。"

"那为什么又跳井了?"

"小孩醒了,一吵吵,把老鼠吓了一跳,慌里慌张跳到井里了。"

在姥姥的怀里,夜被抻得特别长,墙上的老挂钟"咔嚓咔嚓"地走着,墙角隐隐传来老鼠的磨牙声,它们出来偷粮食了吗?我还没睡着呢。姥姥家里可没有粮食囤,只有面缸,也没有井……想着想着,悠悠然入了梦乡。

我想,童谣也许算是最古老的亲子游戏,它们自然纯朴,朗朗上口,而且具有野草般旺盛的生命力,一代一代口口相传,生生不息。我的奶奶和姥姥都不认字,可她们用方言吟唱的童谣,最早让我体会到了语言那美妙的韵律,在一遍遍的重复中,蕴含着她们说不出的爱。

儿子的爷爷从老家来看他,爷孙俩经常玩这样一个游戏,爷爷依次掰着儿子胖胖的脚指头,嘴里念叨着:

"大牛不吃草,

二牛不吃料，

三牛不喝水，

四牛不拉套，

还有小五牛，

哞哞哞哞哞哞——"

每当爷爷说"哞——"，儿子就乐不可支，最后爷孙俩笑着倒在一起。

五根脚指头就是五头小牛，这是成人想象不到且无法理解的比喻，但孩子们懂。在孩子的眼里，"我"就是世界，世界就是"我"，我喜欢的东西都是我的，小花、小虫、小牛、大怪兽们，世间万物都如我一样会哭会笑，喜欢所有甜味的食物，天黑了要回家，生气时会耍赖，摔痛了要找妈妈。这些童谣的作者是谁？无从得知。可它们满足了孩子对世界天马行空的想象、毫不拘束的性情。正因如此，这些祖祖辈辈传下来的乡土童谣，才会永远流行，从不过时。

绝大多数童谣流传在民间，难登文学殿堂。不过在日本，20世纪初，曾兴起一阵童谣写作风潮，许多当时知名的小说家、诗人纷纷加入其中。年仅21岁的金子美铃的作品最为耀眼，她陆续发表了上百首童谣诗，可惜因为个人生活的不幸，这位优秀的女诗人26岁就自尽身亡。她的童谣诗视角独特，脍炙人口，至今在日本的儿童节目中还经常播放，小学语文课本中也有采用，附上她的作品两首，以慰我们永远的童心：

一、积雪

上层的雪,

很冷吧。

冰冷的月亮照着它。

下层的雪,

很重吧。

上百的人压着它。

中间的雪,

很孤单吧。

看不见天也看不见地。

二、露珠

谁都不要告诉好吗?

清晨庭院角落里,

花儿悄悄掉眼泪的事。

万一这事说出去了,

传到蜜蜂耳朵里,

它会像做了亏心事一样,

飞回去还蜂蜜的。

大雨之夜

半夜醒来，无法再次入睡，窗外北风吹动枯枝，却让我想起毫不相干的大雨之夜。

大概十岁的夏天，我们住在城郊的乡村。半夜，我被隆隆的雷声惊醒，刚刚睁开眼睛，"咔嚓"，一道闪电划过夜空，天地透亮随即陷入可怕的黑暗，然后"哗——"大雨倾盆。

身边的姐姐依然睡得很香，我却想起各种可怕的传说，据说闪电会引发火灾？会不会有鬼？房子会不会漏雨？

越想越害怕。想喊妈妈来陪我又不敢叫出声，一动也不敢动。

雨来得急去得快，十几分钟，很快就停了，月亮从云层中晃悠悠地出来，白月光透过窗户，照亮了半张床，我被笼罩在月光里，越发吓得不能动弹，半闭着眼睛看着窗户，害怕有什么怪物突然出现在那里。长时间保持着一个姿势，浑身酸痛，困顿不堪，最终在恐惧中睡去。

一觉醒来，天色大亮，姐姐正趴在窗台上向外看，看到我醒了，开心地说:"快来看,昨晚下雨了。"

比这更早的小时候。有一次,妈妈不知从哪里得来两张县城电影院的电影票。观影那天的傍晚,暴雨将至,天色阴沉,绝对不是出行的天气。可妈妈心痛已经花出去的电影票钱,不顾奶奶的阻拦,执意和一位阿姨骑车去了县城。

我们当时住的地方离县城七八里地,路也不好走,而且当时根本没有路灯。

妈妈走后,雨下起来,越下越大,我和姐姐、奶奶坐在屋门口,我依偎在奶奶身上,看着雨水从昏暗的天空中倾泻下来,院子里本来粗壮茂盛的葡萄架,此时却在暴风雨的狂击下瑟瑟发抖。大自然的力量如此可怕,好像我们这栋房子随时也会被冲垮。

奶奶担心妈妈,不停地念叨,埋怨妈妈的固执。她的无助和紧张也增强了我的焦虑和恐惧。潜意识里,突然出现一个念头:如果妈妈回不来怎么办?

一直到上床睡觉,妈妈还没有回来。我一夜没睡安稳,做了很多奇怪的梦。第二天醒来,看到妈妈在忙着做早饭,心里好幸福,好想去拥抱她,又不好意思,但因为太兴奋,控制不住地大声说笑,家里人觉得我很奇怪。

失眠的夜晚,做了妈妈的我,无法控制地想念起远方的妈妈。

小城无故事

我曾经那么讨厌我的家乡，它是位于胶东半岛的一座小城，明明是个农业大县，偏偏想靠工业发家，结果地毁了不少，工厂大多半死不活，进出的人好似都垂头丧气的，都五一了，还挂着"欢度春节"的牌子。

唯一的公园在市中心，是小城的标志性建筑，无非是几片绿化带围着一个臭水塘。过年过节时，全县城的人都拥过来照相，结婚、过生日、毕业、同学聚会，凡是重要点儿的活动，这里都是人们留影纪念的首选地。从小到大，我家有好几张全家福是在这里拍的，我的同学们也是。

购物有国营的百货大楼，也有个体的自由市场，不过那市场是半封闭的。到了冬天，买卖双方讨价还价时都吐着白气，就这样也阻挡不了年节时的人山人海。当然，最气派的要属县城中心十字路口的百货大楼，上下两层楼，推拉玻璃大门，一水儿的玻璃柜台。售货员全都趾高气昂、爱搭不理，仿佛你不是来买东西的，而是来白吃白拿的。买东西时若要求取拿两次挑选，就会翻个白眼给你看。但人们就是认这里，觉得这是国营的，高大上，不会骗人。过年过节，全县城的人都拥进来，不买东西也得来逛逛，回家后跟邻里炫耀一下："今天进城逛百货大楼了。"

地大物不博，没什么地方特色小吃，所有的饭店都是脏乱差。中学时，一位同学从西安转来，大家都跟她打听西安的风土人情，我上去就问："你们那儿有很多好吃的吧？"

我还干过一件在当时看来挺时髦的事儿，去图书馆办了借书证，押金6元。图书馆还没我们的教室大，后来也不用去了，因为同桌也办了借书证。他不是去借书，而是以借书之名行偷书之实，然后五角一本卖给我。他帮我偷全了《射雕英雄传》，还偷过一本《桀骜不驯的女性：维格迪丝》，拗口的书名和书中的女主角给我留下极深的印象，多年后我才知道书的作者叫西格丽·温塞特，曾获诺贝尔文学奖。

1993年，姐姐去北京旅游，回来后跟我说："北京人见了都轻轻地说，'您好'。"

哇，听着就美好。我们这儿的人见了都说："你吃了吗？你上哪儿去啊？"

我要去这个见面就说"您好"的地方！

我就去了！

走在北京的街道上，没有人认识我，像鸟一样自由。我说普通话，我和北京人一样挤公交车、挤地铁，没人关心我："你吃了吗？你上哪儿去啊？"我也不需要这样的关心。

年轻的我，自尊、自大、自恋、自怜。小城安放不下我的青春，北京可以。

我走了，小城也慢慢地变了。像中国千万个小城一样，它拆了很多，建了很多，它和中国其他的小城长得越来越像，都有肯德基、有麦当劳，都有大型超市，有CBD商业中心，附带一个大广场。我现在回到家乡，曾经熟悉的地方大多不见了，我像异乡人一样说不清自己身在何处，我记忆中的街道名称比如红旗路、胜利路、人民路，都换成了香港路之类的，年轻人对我的询问往往摇头不知。

他们是不是像当年的我一样厌恶现在的小城？

我是在离开后，才想起来，家乡的小城有好吃的葡萄、有空心的芹菜、有腊杆烧鸡、有许记香肠，这些特色小吃其他地方都没有卖。我把它们从家乡带来，分给同事和朋友们，他们都说好吃。

我想起小城里曾有一家不错的馄饨铺，美其名曰"最老馄饨铺"，我和好朋友曾去光顾过几次。秋天的时候，我和朋友们去果园里摘苹果，在裤子上蹭蹭就吃，清脆甘甜。

离开后，我才知道，不止我的家乡餐馆脏乱差，也许不少中餐馆都这样。

我去了国家图书馆,气势恢宏,人在里面感觉好卑微,绝对偷不出书。

人到中年时,再看我的家乡小城,既不仰视也不俯视,既不亲密也不疏离。北京,是放大的小城;小城,是缩小的北京。我在小城出生,从幼稚懵懂到豆蔻年华;我在北京打拼,从年少轻狂到平和不惑。

在德国影片《缄默的迷宫》中,男主角在了解了纳粹在集中营制造的人间惨剧之后,无比痛苦地问他的犹太人朋友:"在经历了这些之后,你怎么还能留在这个国家继续生活?"

朋友说:"我在街角的酒吧遇到了我的一生挚爱,我的孩子在这里的医院出生,我带她们去百货公司买冰激凌、去公园喂鸽子,我还能去哪儿呢?"

小城的记忆,北京不能代替。我庆幸自己在年轻时离开了小城,这样我才会发现小城的可爱之处;在我年老后,才有个可以追忆的地方,有个可以回去的家乡。

噪声的记忆

几年前的一个春天，我搬到北五环外的某个小区。楼房的北面就是广阔的农田，再往北是繁花盛开的果园，颇有些世外桃源的风姿。没想到，新家的第一个晚上与寂静的田园风光毫不相干。我家后面是农田不假，但楼房与农田之间还有一条马路。这条马路虽然只有两车道宽，却是一条交通要道。白天还好，到了晚上，经常有超载的大货车轰轰而过，每过一辆，巨大的车轮碾轧路基，我家房子的窗玻璃便在低沉的轰鸣声中微微颤抖。这种体积的大货车，整夜来往不停，我家的窗玻璃也整夜呻吟不止。

刚刚搬进来，又不能马上搬走，不得不接受现实以后，体内悄悄滋生出抵御的屏障来，让我慢慢习惯了这种噪声。有时半夜醒来，房间是黑的，耳朵里却充满声音，仿佛与他们生活在两个平行的世界里：我睡着，他们劳作；我醒了，他们就闭上眼睛。

其实，现代人有哪一天不是生活在噪声中呢？

几年前，我租住在北京的北三环，爸爸来北京出差，曾在我家里住过几天。第一天起床后，他一脸疲惫，说是整个晚上没有睡着："这么吵，你怎么睡得着？"

他指的是在我的房子里，可以清晰地听到北三环路上车来车往的声音。

我告诉他，听久之后我对此已经完全无感觉了，不影响睡眠。他依然表示担心，希望我尽快换个安静的住处。

当时的我不以为然，但转过年来，因为工作压力的原因，我经常在半夜醒来，然后听着三环路上彻夜不休的轰鸣声，辗转反侧到天明。

时光再向前，住学生宿舍时，安静的夜晚也少。

年轻时，怎么有那么多的事情要做？每个晚上的前半夜总是匆匆忙忙：学习结束之后，要看电影、要约会、要去唱歌、要赶去大排档和朋友们喝几瓶啤酒、撸串、吹牛、感叹下人生。匆匆赶在关门之前跑回宿舍，刚刚躺下，睡意蒙眬中，听到舍友在煮方便面："咕嘟咕嘟"，水开了；"嗞啦"，面袋撕开了；"咔"一声轻响，一个鸡蛋卧进了面里……

终于忍不住了，我起身就是一嗓子："那谁，多加点儿水，待会儿我喝点儿汤。"

"我也要。"又有人加入。宿舍再次欢腾起来。

终于，舍友们都躺下了，好像也都睡着了。

"哗"，我听见上铺的学霸姐姐轻轻翻了一页书，她正在舍命和英语六级搏斗。"哗"，蒙眬中，听到她又翻了一页，背这页的速度比较快……她什么时候翻下一页？过了好久，她还没有翻下一页，是因为太难，还是睡着了？

我迷迷糊糊地等着翻书的声音，也睡着了……

时光再再向前，我少年时，住在父亲单位的家属院，院子不是封闭的，被一条窄窄的马路一分为二，马路南北各有一栋家属楼。那条马路虽然不能形容为车水马龙，但也相当热闹。

进入夏天，小县城里无论学校还是企业单位，都有午睡的习惯。在这段最困乏的时间里，我家楼下的小马路依然会有些轰轰乱响的东西经过：小汽车、三轮车、拖拉机、自行车。

拖拉机最理直气壮，"哒哒哒哒哒哒……"吼声震天。有的三轮车明明是脚蹬的人力三轮车，偏偏安了电气喇叭，"嘀——"大叫一声，吓人一跳，定神看却是个小不点儿。自行车应该是最安静的吧，可偏偏就有些骑起来咣当作响，可能它也生气大热天里出门吧？

在噪声终于过去，难得安静的一刻，楼下传来两个半大孩子的喊声："王大伟，下来玩。"叫王大伟的孩子要么不在家，要么睡得很死，两个得不到回应的小伙伴，不达目的不罢休。他俩齐心协力，在炽热的太阳下，不绝口地呼唤："王大伟，下来玩，王大伟，下来玩……"

他们搅扰了两栋楼里无数的好梦，有人探出身子大吼："谁家的熊孩子，滚！"两个孩子一溜烟儿地跑了。

在炎热和噪声中的午睡，因为时间短，所以更显珍贵。被吵醒的人们不情愿地起床，擦把脸去上班，捎带着埋怨几句这个叫王大伟的孩子和他的小伙伴。

好吧，让我把思绪拉回现在。我又搬了新家，位于小区的中间位置，远离马路，再也不被噪声困扰，窗玻璃不再颤抖，半夜醒来也听不到一点儿车辆的声音。

可是，搬家后我才发现，我家的冰箱已经上了年纪，"嗯——嗯——嗯——"整日悲鸣不已。

带着孩子去旅行，你一定也遇到过这些尴尬事

曾看过一个视频：飞机上，一位体型健硕的外国爸爸，实在招架不住孩子的调皮捣蛋，果断起身，把这个目测约四五岁的孩子塞进头顶上方的行李架里。

讲真，带着孩子旅行的途中，有那么几个瞬间，我也是有类似冲动的。

当这个熊孩子像孙猴子一般爬上爬下、大闹不止，玩具、糖果在他面前统统失效，即使乘警出面也无法震慑他时，我想：我一定是脑子进水了，才会带他出来丢这么大的丑。

其实，每次我都是有备而来的。可是，我只能控制开始，却猜想不到结局。

对于一个刚满三周岁、活泼好动的男孩子来说，在封闭的车厢里待上几个小时，无疑是一场酷刑。所以我事先买好了足够多的水果和零食，还有画笔、橡皮泥等便于携带的手工玩具，希望以此帮助他度过这漫长的旅程。

最初的半个小时是轻松愉快的，窗外移动的风景吸引了他大

约十五分钟。之后,儿子把目光从窗外收回,像个小大人一样与周围的乘客打招呼。

得到众人一致赞誉之后,儿子突然大声地问:"妈妈,谁放屁了?"

我意识到这是他开始不受欢迎的序曲。

我低低地在他耳边说:"悄悄地告诉我就行,不要说出声来。"

他皱着眉头,继续不满地大声说:"太臭了,妈妈,是那边的叔叔放的吗?"叔叔不开心地转过身子,现实版的"皇帝的新装"在此上演。

我企图用一包 MM 豆转移他的嗅觉,他拒绝了,表示闻过臭味之后很不舒服,只有换成柠檬片才开心。

足以酸倒满口牙的整包的柠檬片,被他在十分钟内全部消灭,还顺便干掉了一根小黄瓜、一个自制的馅饼、十几颗圣女果和一杯酸奶。

这时,对面穿着低腰裤的姑娘俯身捡东西,腰间露出一截粉红色裤衩,他大声地发表看法:"妈妈,阿姨的小裤衩露出来了,怪丢丢的。"

作为他的爸爸妈妈,我俩无语凝噎。

接下来,为打发他的无聊,也为了消食,爸爸带他参观火车,这是个费力不讨好的活儿。

爸爸一路叮嘱他不能跑,跟在自己后面慢慢走,时不时拽住他的胳膊,以避开那些泡面的、沏茶的。可他就是不听,逮个空就想撒丫子快跑,以逃离爸爸的魔爪。

经过厕所时,爸爸问他:"想上厕所吗?"

他坚决地摇头。

回来后,刚坐定,他大声地说:"爸爸,我要哗哗(小便)。"而且小屁股扭来扭去,左右脚来回倒腾着,一副已经憋不住的样子。

恰好这一站售出很多站票,过道上站满了乘客。爸爸抱着他挤过人群,一路上说了无数次"对不起",在终于抵达厕所门口时,爸爸的T恤湿透,儿子的裤裆也湿透。

在这过程中,父子俩已有多次摩擦,爸爸控制不住脾气小吼他两声,他也会不甘示弱地回嘴表示抗议。小小的人儿,口齿已很伶俐,爸爸没占丝毫便宜。

最终,当爸爸喘着气落座时,脸都气黑了。现在,该妈妈上场了。

我希望在众旅客面前树立一位温柔可亲有教养的妈妈形象,所以我温和地说:"来,咱们玩橡皮泥吧?"

好消息是他同意了,并为此消停了二十分钟;坏消息是,在我专心地捏小海豚、小兔子时,他吃了一块橡皮泥,虽然后来吐出来了,但我严重怀疑他已经就着果汁咽下去了一小块儿。

还好,我买的是正规厂家生产的有合格证书的橡皮泥。我这样安慰自己。

再后来,趁我不注意,他把剩余的橡皮泥团成一个球扔出去,恰好砸在一位正在打盹的老爷爷头上。老人家被这从天而降的打击惊扰了好梦,很是生气又不便发泄,但不满明明白白地写在脸上。

在我们真诚道歉的过程中,他又把捏好的小海豚、小兔子、大鳄鱼都塞进了座位的缝隙里,理由是避免大怪物把它们抓走。为把他的小伙伴们清理出来,我很是小忙了一场。

当过道那边的情侣开始吃午餐时,我准备的所有食物都对儿子失去了吸引力。

他把一根手指放在嘴巴里,目不转睛地盯着对面的小两口吃烧鸡、吃面包、吃炸带鱼,对我再三的低声警告和物质奖励的承诺置若罔闻。

小两口抵抗不住这目光的重压,给了他一只鸡翅,这是鸡身上他最爱吃的部位。

他三口两口地吃完,拿了一只梨和几根黄瓜递过去:"叔叔,我换一只鸡翅可以吗?"

另一只鸡翅叔叔早给媳妇儿了,所以物物交换失败。虽然叔叔说可以再给他一块鸡胸肉,但他却念念不忘另一只鸡翅,小哭了一场,不停地念叨:"妈妈,我要吃鸡翅,我要吃鸡翅。"

在我儿子的哭声中,那对情侣草草地结束了午餐,希望他们不会因此消化不良。

我和他商量,是否小睡一下?他答应了,要求先喝奶。

喝下一瓶奶后,他要求唱儿歌。

唱完儿歌后,他要求讲故事。

讲了几个故事后,我们夫妻俩已经昏昏欲睡,他依然精神抖擞,小身子在我俩怀里扭来扭去。蒙眬中,他开心地说:"妈妈,你看。"

我艰难地睁开眼睛,大吃一惊,他把我的两条眼镜腿掰成了180°。

没有了眼镜,我这个高度近视寸步难行。

他显然无视这个后果,只是对自己的作品充满成就感,并且死死护住,拒绝交还给我。

好话说尽也未能奏效,我只能动手抢,他开始大声尖叫,声音在车厢上空久久回荡,惊醒了半车厢打盹的人。

在众目睽睽之下,我以最大的努力保持最后的尊严和理性,克制住要狠狠揍他一顿的冲动,心中不断告诫自己:冷静,冷静,不要发疯。

再然后,当他把前座阿姨头上戴的帽子毫无征兆地摘下来之后,爸爸也已困意全无,我们开始了新一轮的道歉。

最终,我不得不使出终极武器。

我俯下身去,在他耳边轻轻地说:"你要是再捣蛋,我就把你所有的玩具、你的滑板车、你的奥特曼,全都送给其他小朋友,一件也不会留。"

他不解地看着我,眼底泛起两汪浅浅的水:"不可以,那是我的。"

"那就坐下来,画画!"

这个撒手锏还是管用的,他安静地画起画来。太好了,还有半个小时,目的地就到了。

怎么回事?他居然打起了瞌睡。

儿子,醒一醒,醒一醒。我徒劳地想唤醒他,他却像我之前期望的那样,进入了无比香甜的梦乡。

这就意味着,下车后,我得背着他,而爸爸则要肩扛手提所有行李。

看着他沉睡下来的稚嫩小脸,我不禁后悔,这么可爱的孩子,我刚才是不是太严厉了,应该再耐心一点儿才是。

我会管教犯错的孩子，但我绝不会打给你看

我曾在公众号里发表过一篇文章《带着孩子去旅行，你一定也遇到过这些尴尬事》，读者对此评论挺多，分为"同情派"和"主打派"两大阵营："同情派"表示感同身受，"主打派"则认为不能姑息孩子的行为，胖揍一顿才是正道。

体罚，是惩罚孩子的一种方法，但不是最有效的，也不是唯一的。尤其是在众目睽睽之下，你脸面尽失怒火攻心时，最容易做出过激的事情，下手也会没有轻重。旁观者认为该打所以你就扬起了巴掌，这种体罚只能换来片刻的安宁，却是最没有说服力的，而且很有可能给孩子造成一生的内心创伤。

著名作家麦家，曾回忆儿时的一次挨打经历：他因为维护父亲的尊严，和别人打架，父亲赶来后，没有给他辩解的机会，反而在围观的人群中，狠狠地打他，直至他口鼻出血。

这次经历，使他对父亲永远失去亲近之心，十几岁便离家求学当兵，与父亲极少交谈，也很少回家。直至几十年后，在父亲去世之前的那段时间里，父子俩才有了短暂、融洽的相处时光。

可是，父亲已经认不出他是谁了。

父亲去世后，他鼓起勇气写下这段往事，人到中年的他，体会到在当时的政治背景下，父亲打他时的身不由己，他谅解了父亲，忏悔自己成年后对父亲的冷漠与绝情。曾经的伤痛，随着父亲的离世又衍生出新的伤痛，那是一生也愈合不了的伤疤。

我不是为自己不打孩子辩解，而是做了几年母亲后，得出一个结论：孩子是自己的，面子是别人给的，为了面子而责难和体罚孩子，是只赔不赚的买卖。

可我并不是一开始就明白这个道理的。刚当妈妈那两年，但凡孩子犯了错、冒犯了别人，我脸上就挂不住了，就想赶紧证明一下：我是个称职的妈妈。

这个称职是用声色俱厉的指责和"降儿十八掌"来实现的。

曾经有很多次，面对儿子给别人造成的或大或小的各种困扰和不便，我因为恼羞成怒，把巴掌高高地扬起，又重重地落在他的小屁股上。一下，又一下……

此时的他，又惊恐又委屈地看着我，眼睛里慢慢泛起泪花，溢满眼眶后，终于决堤，扑簌簌地掉了下来，却依然向我张开双臂，带着哭腔喊："妈妈……"

我看着他，没忘记继续训斥："知道自己做错了吗？还敢不敢了？"

他依然信赖地张着双臂："妈妈，抱抱……"

我抱起他，他紧紧地搂着我的脖子，放声大哭。

我这个蠢货，刚才做了些什么？

其实，育儿书我是看过十几本的，挑选的都是获奖的、有口碑的那种，看的时候拿支笔，在重要的句子下面画线以示关注。

育儿公众号我也订阅了几个，认为有用的文章还会收藏，当然，收藏之后不看第二遍的可能性更大。

我啰唆这么多，是想说明自己做妈妈是有相关知识储备的。

可是，育儿是门实践课，一到关键时刻，尤其是周围弥漫着"这个熊孩子，家长怎么不揍他"的暗物质气息时，全部积累瞬间清零，我成了只会大喊大叫和扬起巴掌的纸老虎。

以上这种蠢事，我曾经做过很多次，现在也还会做，只是次数明显减少。

因为，我发现一个事实：儿子越打越不怕，越来越不怕打。这使我有点儿恐慌，所以力求突破，慢慢地，有一些所得。

首先，从接受孩子犯错开始。孩子不可能对我们言听计从，他处于人生中好奇心最旺盛的时期，犯错闯祸在所难免，人无完人，孩子当然也算在这条逻辑之内。

其次，基于这个现实，面对孩子的错误，父母应该公平地对待。公平体现在哪里呢？打个比方，如果错误是可以计量的，那么孩子犯的是二两的错，就应该给他二两的惩罚，而不是因为自己的心情不好，或是因为有人围观，就加重惩罚的力度，这是在满足自己的虚荣心。

而且，这二两的惩罚标准应该持续下去，不能因为他昨天犯这个错误时，你恰好中了5块钱彩票，哈哈一笑放过了；今天他又犯了同样的错误,你就因为心情不爽实施加倍惩罚。孩子一定是满腔疑惑的:为什么同样的错,昨天没事今天却遭了殃。

最后,为人父母,我们还需要一些小聪明:

一位朋友给我留言:如果孩子在旅行中太闹,可以在乘车前先让他折腾累了,这是个可行的方法。

举一反三,类似的技巧还可以有:根据出行的时间让孩子早起,或不睡午觉,这样他坐一会儿车就可能困乏地睡着了;另外,在旅途中,可以主动带他结识同龄的小伙伴,孩子们一起玩耍,要比与大人相处有趣多了。

总之,教育孩子,在很大程度上考量的是父母的耐心和智慧。

在《蜡笔小新》中有一个桥段,写的是小新在玩火,爸爸企图制止他,他却不听。

爸爸说:"小新,玩火会把房子烧掉,消防车会来的。"

小新开心地说:"我要看消防车,我要看消防车。"

爸爸换了种说法:"还会把你所有的玩具都烧掉。"

小新着急了:"不行,不行。"

这才是解决问题的最好方法。当你面对的是一个应该受惩罚却不怕打的孩子时,想一想什么是他最在意最喜欢的东西。

著名心理学家武志红老师说过:家是会伤人的地方,爱是会伤人的武器。

下一次，当我们产生体罚孩子的冲动时，应该反问自己：他闯的祸，只能通过挨揍来解决吗？你是为了惩罚他还是为了发泄怒气而揍他？

别让我们的爱以教育之名，伤人于无形。

与所有熊孩子的父母共勉。

别让你爱的她被无休止的家务羁绊了梦想

妈妈常常遗憾自己是中专学历。

其实当年她已考取利用周末授课的在职大专，入学总成绩在同学中名列前茅，尤其是数学，单科第一名。妈妈有数学天分，喜欢数学，教了一辈子数学，至今，她的爱好之一，就是休息时做几道数学题。

可是在坚持了一个学年后，妈妈还是放弃了，这直接影响了她后来的职称评定和工资收入。放弃的理由就是太累了。那时，妈妈40岁出头，上有奶奶需要孝敬，下有两个青春期的女儿需要照顾，还教着三个毕业班的数学并担任其中一个班的班主任。

妈妈每天早上5点多起床，做好早饭，骑行50分钟赶到学校上早自习，晚上一身疲惫地回到家，还要处理一堆家务。周末是难得的休息日，可以多睡一个小时，洗洗积攒的衣服，跟孩子们聊聊天，自己也放松一下。如果这时再骑一个小时的自行车赶到学校上整天的课，对妈妈来说，的确是力不从心了。

家务活是那种你明明做了很多却像什么也没做、让人少有成就感的工作，所以很多男人是不把家务当活儿的。

爸爸当时也做毕业班的班主任，每天也是早出晚归。虽然他有自己的工作压力，但我对他当时不为妈妈分担家务是颇有微词的。

我始终认为，妈妈那一代的职业女性有属于她们的不幸：接受新中国"男女平等"的教育长大，也获得了工作机会，在职场中，她们的工作量不输于男同事，各项考核也绝不会因为她们的性别而减弱半分。可是，回到家中，就好似回到了封建社会，婆婆们以是否勤俭持家来衡量儿媳，丈夫们还是传统思想的大男人，油瓶倒了也不会扶一下，妻子们面临的双重压力，丈夫们极少体会也极少分担。

妈妈的大学之路，坚持了一年就半途而废了。这种牺牲，妈妈视作理所当然，不值一提。如果，去进修的是爸爸呢，他会放弃吗？妈妈会同意他放弃吗？

答案当然是：不会！

我的朋友理子，我一直视她为天才。

一个普通的装蜂蜜的玻璃瓶子，她用指甲油在上面随意画几笔，就是一幅惟妙惟肖的梅花图；拿起毛笔，照着图片，也能临摹一幅像模像样的中国山水画，要知道她是从未学过绘画的。

她自幼喜欢裁剪缝纫，我们租房时的窗帘、被罩都是她亲手缝制的。后来上了一个缝纫培训班，学习几个月后，在一家女装订制店当店员。两三年下来，耳濡目染再加上自己用心，理子开了自己的工作室，能够给客人设计和制作高档衣服了。从最初只有一位客户，到后来形成一个稳定的客户群，理子以她精湛的手艺和敬业的态度，赢得了客户的尊重。

可是理子太认真、太辛苦了，给客人做活从不敷衍，一针一线绝不马虎，这使她付出了健康的代价，腰椎、颈椎、肩、肘都出现了不同程度的问题，以至于后来她连静坐20分钟都有些困难。

同时，虽然理子对家庭付出了很多精力，但家人对她的工作却很少支持，所有的一切都是靠她自己筹划打理，搞得理子分身乏术，疲惫不堪。

终究，因为孩子年岁渐长，理子放弃了北京的阵地，回到老家。

虽然，回到老家后，理子的工作室还在继续，很多老客户也依然信任她追随她。可我总是为理子遗憾，如果家人能够多体贴、多照顾她，也许理子的事业还能再上一个新台阶。

让人欣慰的是，理子现在很幸福，她在微信上发出的给客户新完成的服装照片，还是那么精细考究。

有一个很形象的关于家庭的比喻：父亲是梁，母亲是墙，没了梁，还能凑合着过；没了墙，梁倒屋塌，家就散了。

在一个家庭中，对儿女精神的影响，母亲的作用大于父亲，因为母亲与孩子相处的时间比父亲多，母亲为人处世的态度，都会直接或间接地影响孩子。

有很多女人，因为家庭放弃了自己的成长，因为婚姻埋没了自己的才华，这是无奈的选择。

不能责怪她们短视，你没有经历她们的生活，不能体会她们的痛苦和艰辛。在她们追求精神成长的路上，丈夫遗憾地缺席了。

身为丈夫，人生的价值不仅在于发展自己的事业，也包括帮助你爱的人成长。

希望更多的丈夫能明白这一点。

Chapter 5　之于他们，时光里的人生百态

总之，

那些遗憾和危机感铸就了需要终生填补的情感黑洞。

虽然我自认为是个淡泊名利的人，

不过多追求，也不会刻意俭朴，但淡泊名利与喜欢占便宜，

在我看来，又好像是两回事，这真是无法解释的矛盾。

挖野菜小分队

挖野菜小分队正式成立一周年了。

从去年春天开始,妈妈和两位同学——三位昔日的师范生——共同组建此小分队,活跃在青岛市周边的田野荒地之中。这是一支充满战斗力的队伍,虽然它只有三位队员,虽然队员们的年龄加起来超过200岁,但她们所到之处,野菜无所遁形。

这缘于三位队员都有着忍饥挨饿的少年时代,那是永不改变的生命底色,即使在食物丰富的今天,她们对野菜依然有着发自内心的热爱和"一扫光"的激情。

这一年里,她们陆续发现了几处交通方便、野菜肥美并且少有人光顾的荒地,分布在黄岛、胶州和即墨等地。妈妈颇为自豪地跟我强调:"我们从不告诉别人,也不邀请其他人参与,就我们三个知道!"

她不愿分享的表情,与我三岁的儿子同出一辙。

我能想象,在三位队员的心里,已将这几块荒地视为小分队"根据地"了。对于美好的事物,从小到老,人都是有私心的。

三位队员都住在市中心,无论去哪一块"根据地",都是一段不近的路程。所以每周到了挖野菜的那一天,她们天不亮就起床,在家中备好午饭和热水,做好外出一整天的准备。

如果去的是黄岛根据地,在约定的地点集合后,她们坐上公交车,过海底隧道,一路向西再向北,把喧嚣抛在后面越来越远,向城市的边际驶去。当窗外的风景由拥挤的高楼变成平坦的麦地时,目的地就快到了。中间需要换乘两次公交车,下车后再步行约1.5公里,才能抵达那片寂静的旷野。

我从没去过那里,也从没听说过那个地方,只能试图从妈妈的描述中为它勾勒一幅图画:那里远离城市、村庄和道路,天空湛蓝,白云如絮,海风从几公里外徐徐吹来,数不清的小鸟叽叽喳喳地叫,地面上三三两两地散落着嫩绿的荠菜、苦菜、蒲公英、茵陈、野菠菜;不远处,是规划齐整的耕地,农民们忙着灌溉,麦苗正在苏醒,缓缓挺起腰杆,空气里弥漫着土地独有的芳香。

据妈妈说,那片荒地原来也是耕地,只是因为主人放弃耕种,几年下来就成了荒地。

一样的土地,因为不一样的主人,就得接受不一样的命运和收获。

妈妈常常略带惭愧地说:"三个人里,我是手最慢的,挖得最少。"但这个过程中,妈妈享受到的快乐足以弥补收获少的遗憾。

妈妈这几年一直备受疾病折磨,因为长年服用激素,她的体形随着药量的增减而迅速变得虚胖或消瘦,如此反复。她慢慢变得虚弱,更加不爱出门、不爱交际。虽然她自己不这样认为,但作为家人,其实我们都知道这个事实。去年,姐姐带着妈妈看了一位老中医,花了一笔不菲的诊疗费,妈妈认为姐姐花这钱真是"二百五"。但事后的服药效果证明,这钱花得很值。激素药停了,妈妈感觉身体里有了力气,服药至今,没有出现大的反复,这是身体上良好的转变。而参加"挖野菜小分队"之后,她的精气神儿好像也满血复活了,户外的蓝天、阳光和空气,让她的心情变得舒畅,情绪也会出现小小的兴奋。姐姐说,她能明显觉察到妈妈身上散发出的生机和活力。

不仅是妈妈,另外两位阿姨的生活也各有烦心事。

一位阿姨因为自己房产的未来归属,使得两个儿子不和,大儿子甚至与父母断绝来往,即使过年也不回家问候。

另一位阿姨则因亲家的过于强势,经常受到无端责难,最过分的一次,竟然莫名其妙地受到亲家母的辱骂。虽然做出百般忍让,但儿子的这段婚姻终究以失败告终。用我妈的话讲:"我要是遇到这些事,真是没法子活下去了,你阿姨的心得多大啊。"

是啊,即使经受了这么多的委屈,妈妈依然经常接到这位阿姨热情的邀约电话:"明天,咱们三个去赶大集吧!"或是:"我家旁边的菜市场紫薯特别便宜,快来买吧。"

三位队员曾经是风华正茂、能歌善舞的师范生。20世纪60

年代，她们扛着红旗唱着歌，在烈日下徒步300多公里，豪迈地实践着自己的革命理想。

现在，她们互相搀扶着上下车，走进天大地大的荒野中，人已经跑不动了，但心依然无拘无束。一边挖着野菜，一边唠唠家常，把不顺心的事儿搁置一旁。

高兴了，三个人放声来一曲《红梅赞》；累了，吃点儿饭喝点儿水，小小地炫耀下各自的劳动成果，一天的时间就这样倏忽而过。

回到家，已是黄昏。她们戴上花镜，认真地把野菜上附着的老叶、杂草去掉，清洗干净，控去水分，或生吃或凉拌。即便是最简便的食用方法，也透着她们无尽的心思。

那位和父母因为房产闹别扭的孩子，从小就好吃这一口儿，也许过两天会打个电话回来吧？

那个离婚的儿子，四十多岁净身出户，前段时间朋友给他介绍了个对象，两人谈得挺好，不知人家会不会嫌弃咱没有房子？

新一服中药已熬在锅里，希望这一疗程过后，身体能够再有一些起色，能帮着闺女看看孩子。

野菜上桌了，在餐桌上散发着来自田野的芬芳。三位挖野菜的队员回归为三位母亲。在生活层出不穷的挫折里，她们总会生出那如野菜般倔强的希望，星星点点，温暖自己，也温暖家人。

下雨天和做傻事更配

有一年的夏天,和一位朋友去北海公园玩。那天的天气晴朗,碧空如洗,我俩突然起意去划船。于是,租了一条脚踏船,慢悠悠地划到了湖中央。突然,也就是一眨眼的功夫,乌云蔽日,狂风突起,雨点噼里啪啦砸下来,身边的游船纷纷掉转船头,向岸边划去。我拒绝了朋友上岸的建议。为什么不留下来,欣赏一下难得的雨中风景呢?

事实证明,人要犯傻,神仙也拦不住。

几分钟之后,我们发现形势不妙。雨声越来越紧,大雨从苍穹之上倾泻而下,湖面被击起厚重的水雾,放眼望去,偌大的湖面只剩我们一艘小船,在风雨中飘摇。这情景,令我有一种错觉,我们不是在北海公园,而是身处汪洋之中。

我俩对视一眼,意识到事态的严重性,马上掉转船头向岸边驶去。这种脚踏船,晴天里踩起来都有些费劲,更何况在暴风雨中顶风前行,仿佛胶着在水面上一般停滞不动。更讨厌的是,那船的方向还老跑偏。

雨势没有一点儿减弱的意思，我俩的衣服已经湿透。因为内心紧张，所以不觉有些恐惧，我俩的手紧紧握在一起，迎着风雨，奋力向岸边蹬。

离岸边还有十几米时，我俩体力不支，双腿已经累得麻木，蹬船的频率逐渐下降，几乎无法继续向前。透过雨雾，我看到岸边的长廊下，站满了避雨的人。这时，人群中有人大吼一声："加油！"

听了这句话，我俩一下子来了勇气，又鼓足劲儿向前蹬。渐渐地，喊"加油"的人越来越多，最后汇成一片声浪"加油！加油"。

当我们终于靠近岸边时，岸上竟然响起了掌声。我多想以优雅的姿态下船，给围观的人们道一声感谢。但其实，我俩是互相搀扶，跟跟跄跄、极其狼狈地上了岸。因为用力过度，我的两条腿无法控制地微微颤抖，站都站不稳。揽船的船工瞪着一双牛眼，冲着我俩大喊："不要命了，早不上岸！"

回头再看湖面，烟波浩渺，狂风卷浪，如果此时还滞留在湖中心，后果将不堪设想。船工骂得对，暴雨来临时，为了追求浪漫而不上岸真是愚蠢。

我俩像落汤鸡一样，走出北海公园的大门，风一吹，冻得哆哆嗦嗦。两人身上的钱全拿出来，去小饭馆里要了两碗米饭和一个砂锅豆腐汤，两人头顶头，吃得一点儿不剩。

和我一起做这件傻事的朋友，后来跟着男友去了美国。从那之后到今天，我再没去过北海，算起来已经十年了。

同事曾告诉我一件他在下雨天做过的傻事。

他上大学时，有一个雨天，和三位好友打牌。一开始，输了的人往脸上贴纸条、顶脸盆、掏早餐钱，后来这些伎俩都玩腻了，有个人建议：谁输了谁光膀子出去跑一圈。

跑就跑，大老爷们儿谁怕谁，权当作洗澡了。

又玩了几圈下来，他们觉得这样还是不够刺激，决定加大难度：输了的人去女生宿舍楼下，大喊三声"我是猪"。

去就去，谁怕谁！

于是，输了的那位仁兄，在三位见证人的陪同下，来到女生楼下，扯着嗓子大喊："我是猪！我是猪！我是猪——"

楼上有人推开窗户，回应了一声："我知道！"

后来怎么样了？没有后来，没有发生罗曼史。雨天过去，一切照旧。声称"我是猪"的那个男生留校任教，听说都做到系主任了。

在电影《阳光灿烂的日子》里，大雨滂沱之夜，马小军来到米兰楼下，带着哭腔撕心裂肺地喊着："米兰——米兰——"

米兰从家里出来："马小军，你怎么了？"

"我喜欢你。"马小军脱口而出。

"你说什么？"大雨之中，米兰追问。

马小军看着米兰，声音突然平静下来："我自行车掉沟里了……"

他没有勇气再说第二次，大雨掩饰着他的羞愧。米兰突然上前，紧紧地抱住他，这拥抱是真实的，足以弥补所有的相思之苦。

可是，第二天，太阳照耀之下，米兰依然和马小军保持距离，和别人打情骂俏。马小军站在屋顶，看着米兰的背影，昨晚的一切，就像一个梦。可地上有水痕，身体还留有米兰拥抱的记忆，这一切都在提醒着他，那不是梦。

这更使人悲伤。

每到下雨天，和下雪天一样，我总感觉这是特别的一天，期待发生些不一样的事情。性格中平时压抑的部分，在雨天里悄悄舒展，可以放纵忧伤，可以尝试浪漫，可以发呆慵懒。雨天的奇妙，大概就是允许自己做些感性的、不合理的事情。

纵是遗憾收场，也是认了的。

喜剧之王李布丁

李布丁此刻正和自己的两只大行李箱,坐在从兰州返回北京的火车上。

两周前,她和一个剧组签了合同,挺重的角色,在敦煌拍摄两个月。在此之前,李布丁已经小半年没接到正经的工作,闲得浑身都痒痒,这部戏像挠挠乐一般落到了她的怀里。

我们一帮朋友欢天喜地送别了李布丁。她从北京坐了一夜火车到兰州,又晃悠了一夜到敦煌。车快进站了,李布丁有点儿小激动。

剧组的副导演打来电话:"还没到吧?""还没有……"李布丁本想接着说,就快到了。"没到就好,你那个角色制片方换人了……"

向前奔跑的心,突然被生生勒住了缰绳,自尊让她不愿在电话里表现出太多的失落。李布丁拖着行李箱往回走。箱子里除了她的衣服,还有念了许多遍以至于页角都卷起来的剧本,封面上写着"李布丁"三个字,里面用荧光笔画着长长短短的线,还夹着几张她写的角色笔记。

这是李布丁版本的《喜剧之王》。尹天仇有观众为他落泪,有一份爱情为他守候，李布丁没有。她的粉丝只有个位数，她的词条，想必度娘都不稀罕收录。

李布丁没腰没胸没颜值，却阴差阳错地吃了演员这碗饭，她让很多脸蛋比她漂亮的人心生不平。但我知道，在这条漫漫长路上，容颜易逝，需要以千锤百炼也不会挤压变形的良好心态来弥补，李布丁就这样走过了她做演员的第一个十年。

这十年里，她取得了……她还真没取得什么成绩。

田朴　小姐曾经自称是"八线小演员"，那李布丁就是"一百零八线"的小小小小小演员。

额，她演过不少挺知名的影视剧。

毫不夸张地说，她出演的很多影视剧，在她出场的那个瞬间，你千万别眨眼，一眨眼她就没了。你得定格看，有时只是个侧脸或者模糊的轮廓，不是熟人绝对认不出来。

有一年，李布丁在一部票房大卖的电影里出演了一个角色，我特意买票去电影院看，只不过是打了个哈欠的工夫，就错过了她的出场。

李布丁上大学时第一个学期的汇报演出，她请我去看。看完后，我觉得有必要跟她说实话："你不适合做这行，就当来拿个学历吧。"李布丁却执迷不悟："我觉得挺好。"

毕业大戏我也去看了，台词不超过十句，虽有进步，但看不到光彩之处。散场后我们一起吃饭，李布丁严肃地说："我明白了一件事……"我心中大喜，你终于知难而退了。"我不适合做主角，以后我就好好地当配角。"她目光如炬地看着我，"我要做中国最好的配角演员。"我也看着她，心中百感交集：你个二傻子，谁会找你拍戏，你喝西北风吗？

李布丁毕业后接的第一部戏，演一个小配角，戏不多，一周就拍完了。半年后，电视台终于要播出这部电视剧了，李布丁事先通知了所有家人和若干朋友到时收看。

我们几个朋友和李布丁一起看的。看完后，她默默地关了电视。什么叫不忍目睹，那就是！

画面里的李布丁肢体僵硬，台词做作，毫无演技可言。我心说：这戏的导演为人太厚道了，演得这么渣，居然中途没换人。其他人都不说话，因为不知道该说什么。我清清嗓子，决定开口安慰她，顺便再敲打她几下：青春易逝，赶紧找份正经工作养家糊口吧。

她却根本不给我们说服她的机会。她认真地对我们说："我知道问题出在哪里，太拘泥于生活化的表演，镜头出来后不好看，表现不出情绪的起伏，我会改的，如果现在演，我会演得更好。"

想好的措辞，我不得不咽回肚子里。李布丁起身离开，走得决绝，把我们的质疑都抛在身后。

之后的几年，我明白一件事，世上是真的有"戏疯子"这种人存在的，他们自得其乐，不食人间烟火地活在自己的表演世界里。我们相约去散步，她走着走着，会突然沉浸在某个角色中，口中念念有词。路人诧异地看看她，再看看我，我臊得赶紧走远一点儿，以物理距离撇清与她的关系。

不过是下楼买瓶酱油的工夫,她回来后给我们演一段下棋的大爷如何反败为胜:对方步步紧逼之下,眼看就要兵败将亡,大爷突然想出一计妙招,站起身来,大吼一声:"我操你二大爷!"啪!落子!

或者,观察在医院里彻夜排队的大妈,遭遇蛮横的插队者,挽起袖子要扑上前去厮打时,还不忘回头叮嘱同伴:"看着我的凳子。"

各色市井人物,她观察得津津有味,演得越来越有味道。

毕业五年的时候,李布丁跟我说:"以前上学时,我以为自己摸到了表演的大门。现在我才知道,山门在前面,我还走在去的路上呢。"

毕业十年后,李布丁是班上唯一一个还在坚持做演员的。她告诉我:"正因为出镜少,所以我更要珍惜镜头给我的每一秒,把戏演得好看,就像焦菊隐老先生说的那句话:不像不是戏,太像不是艺。"

有一段戏,她哭得梨花带雨,我看着好感动,她却沉痛地说:"撒狗血,不好看,现在让我演,绝对不这样了。"

去年,我去探班,她的一场戏结束后,导演在现场大喊:"李布丁,演得好!"我拥抱她,为她开心。

慢慢地,我们都不会再劝说:你改行吧。

慢慢地,我们想:李布丁,你没准儿能成为一个好演员。

李布丁还没有成为明星,也可能永远成不了明星,她只不过刚刚脱离饰演路人甲的阶段。

我知道她经历的那些无望的日子，那些寒彻心骨的拒绝、那些欲诉无言的委屈，日复一日，需要钢铁般的意志才能坚持下来。再泥泞的低谷里，她也从来没有怀疑过自己，没有迷失过方向。

我不知道执念如此之深是幸还是不幸？她做演员的这十年，是成功还是失败？这个行业不仅需要努力，也需要运气，李布丁，你会有属于自己的好运吗？

那次，我坐在电影院里看她的电影。影片结束，字幕缓缓升起，观影的人们纷纷离席。我坐在位置上，一直坐着、等着。等待制片人、监制、导演、主角、配角、特别出演、友情出演等一连串冗长的名单过后，终于在一大片白花花的演职员名单里，看见了"李布丁"三个字。

这时，保洁有些不耐烦地站在我身边，她只剩下我这块区域的卫生需要清理了。我起身离开，走出去后给李布丁打了一个电话，讲述刚才的情况。她在那边没心没肺地笑，说："至少还出现名字了，下次去网上看吧，可以按暂停。"

那个我错过的片段，是她和同伴抬着重物从主角身旁走过，和主角打一声招呼，然后离开。

那场戏因为特殊原因NG了二十多条。

在零下30多摄氏度的哈尔滨郊外，她和同伴抬着100多斤的麻袋，从中午走到黄昏，每次都要停下来，跟主角快乐地说一声："你来了。"

爱讲荤段子的冬梅妈

我们胡同的冬梅妈,真是个快乐的老娘们。

我家在那个胡同里住了5年,我从5岁到10岁,天天都能看到冬梅妈。她家的日子再艰难,我也没见她愁眉不展过。她嗓门儿大,不笑不说话,笑声独特而响亮,"嘎嘎嘎"的,声音的辨识度特别高,还配合着肢体动作,前仰后合,拍着自己的大腿,揉捏着身边人的肩膀和胳膊。久而久之,每当她开怀大笑时,大家都默契地离她一米开外。

她来找我奶奶借东西,人还在院门口,声音已到了炕前:"大娘啊,鞋锥子借我用用。"

待了一会儿,又来了:"大娘哎,顶针再借我使使。"

两趟下来,四邻八舍都知道她在做鞋。

邻居四叔调侃道:"冬梅妈,我看你给大队当广播员最好了,不用喇叭,站在屋顶上喊就行。"

冬梅妈手拙,那个年代,孩子们穿的衣帽裤鞋都是母亲手做,没有哪一家舍得花钱买的。

她给女儿冬梅做的棉袄袖子太瘦，絮的棉花又厚，以至于穿上后胳膊打不了弯，直愣愣地挓挲着。吃饺子时，冬梅拿起一个往嘴里放，眼看着饺子在眼前，就是送不进嘴里去，气得三岁的冬梅把饺子扔在地上大哭。

她给儿子旭冬做的棉鞋，提不上后跟，整个冬天都当拖鞋趿拉着。棉裤也是一只腿长一只腿短，放学回家，旭冬远远地走过来，乡亲们看着他的棉裤都笑。冬梅妈上去给儿子一个大耳刮子，吼道："你不会把长的那块挽起来？"

在我们村，冬梅妈爱讲荤段子也是出名的，随便一件家长里短的事儿，她在嬉笑间就给说变了味儿。

比如说，遇见刚结婚的小伙子，下地干活时束着腰带，她上前作势就要给人家解开："系这玩意儿干吗，脱裤子费事。"

有一次，邻居四叔赶集时捡了个钱包，晚饭后，在胡同口乘凉时，四叔当个新闻给邻居们说起这件事。

冬梅妈问："老四，里面多少钱？"

四叔说："没有钱，估计是小偷扔的。"

冬梅妈嬉皮笑脸地说："错了，老四，里面有人民币两毛钱，还有老四的大**。"

人们哄堂大笑，四叔涨红了脸，一跺脚回家了。

村里的干部也怵冬梅妈这张嘴。有一天晚上，队里开会，书记在上面讲话，不知他晚上吃了什么，导致肠胃不好，讲一会儿放一串儿屁,而且毫不掩饰,当着一屋子的人,肆无忌惮地放。

人们在下面听着,小声地笑和议论,也不好意思说什么。

冬梅妈不干了,她一本正经地站起来提问:"书记,咱村什么时候安沼气?"

书记说:"没接到上面的指示。"

冬梅妈继续一本正经:"要是安沼气,就安在你腚上,你放一个屁,能烧开一壶水。"

开会的人"哄"的一声都笑了。

书记气坏了:"冬梅妈,你说话也不分个场合。"

冬梅妈说:"你放屁都不分场合,还有脸说我。"

更有一次,忘了因为点儿啥,冬梅妈驴脾气上来,跑去大队办公室,拼死拼活地把队里年轻文书的裤子扒了,抄起桌上的大队公章,就在文书的屁股上扣上了一个大红戳。

有一天,她儿子旭冬放了学,肚子饿得很,就吃了一个馒头。那时候,她家经济困难,馒头是留着给外出干活的丈夫和小女儿冬梅吃的,她和儿子平日里吃的都是玉米面饼子。

冬梅妈回家一看馒头少了一个,压不住心头火,一边骂一边踹了儿子几脚。儿子跑出去,当天晚上没有回来,第二天也没见踪影,第三天也是。大家都明白,这孩子是离家出走了。

冬梅妈一副无所谓的表情,该做饭时做饭,该下地时下地,乡亲们劝她:"放放手里的活,去找找孩子吧。"

冬梅妈说:"不管,那个熊孩子,他要敢回家看我不扒了他的皮!"

但是,冬梅妈眼见着瘦了,脸颊凹下去了,也不开玩笑不聊闲天了。惯常的,邻居们聚在我家看《霍元甲》时,她也不来了。

一周后,冬梅爸按捺不住,跟单位请了假,出去找儿子了。

几天后,冬梅爸带着衣衫褴褛的旭冬出现在胡同口,邻居们都围上去嘘寒问暖,冬梅娘闻声出来,大家以为她会抱着孩子哭两声,没想到她脸色平静,甚至可以说是冷漠,问道:"饿了吧?快进来吃饭吧。"

那天,冬梅家飘出了肉香味。

过了几天,又到《霍元甲》的播放时间,吃过晚饭,邻居们三三两两地聚集到我家,冬梅妈也来了。

电视打开,时间未到,播放的是挖掘机的广告。画面中,一台挖掘机铲起满满一斗土,转半圈,然后倾泻在拖拉机的后车斗里,画外音介绍着:"……实行三包,代办托运,电话***,电报挂号***。"

人们看着这个新奇的大玩意儿,谁也不说话。冬梅妈悠悠地来了一句:"这玩意儿,挖粪好。"

人们乐了,冬梅妈终于回归本色了。

终于死去的小五婶

听说,小五婶死了,死于去年中秋节前。

我对"美"的第一次认知,就来自小五婶。她是十里八乡有名的美人。听说,年轻的小五婶去赶集,走到哪里,哪里就是一片静默的注目礼:卖菜的不吆喝了、卖肉的不嚷嚷了、卖油的倒了勺子、卖粮食的抓不紧口袋、卖油条的把油条炸过火都顾不上捞出来,连正在吵架的双方也会暂时停下来,人们半张着嘴看她,小猪崽好像都不怎么叫唤了。这时的小五婶红着脸,半低着头从人群中穿过,人们自觉地给她让出一条路来,目送她离去……之后,再恢复正常的喧闹。

村里的老人们说起她和小五叔结婚那天的情景,都会口径一致地这样描述:

"你小五婶一抬头,一屋子的人都惊了,都不敢喘气了,俺那亲娘,怎么会有长得这么好看的女人!就跟仙女下凡似的。"

村里那帮老娘们、老爷们本来想好好闹洞房的,可是不管他们说什么，你小五婶就是笑笑，也不恼也不接话，最后大家都不说话了，也不走，就围着她看……"

追忆完这些，老人们往往叹口气，补充上一句："唉，可惜了……"

后面的话就是：可惜红颜薄命活不长啊。

这不是人们咒她，而是小五婶自己说的。

她生来体弱多病，从小父母兄长便宠她疼她，虽然生在农家，却从没让她干过重活；嫁给小五叔后，小五叔如获至宝，对她也倍加呵护，延续着这种宠溺。

在为小五叔生养了一儿一女之后，小五婶三天两头地病倒，她自感健康状况大不如前，恐怕自己时日无多了。

经常是三更半夜，小五叔"咚咚咚"地擂响街坊四邻的大门："帮帮忙，我媳妇儿快不行了。"

那时没有汽车、电动三轮车，交通全靠走的。在好梦中被惊醒的人们，睡眼惺忪，打着哈欠，七手八脚地在平板车里铺上被子，小五叔从里屋把双目紧闭、脸色煞白的小五婶抱出来，轻轻放在车上，大家换着班儿拉车，一路小跑到15里外的镇医院就诊。

说也奇怪，虽然医生也说不清小五婶患的是什么病，但到了医院后，挂几瓶水、住几天院，小五婶就又恢复如常了。

每次好像都濒临死亡的边缘，每次又都成功地返回人间，这种"半夜急救"的事件多次上演后，小五婶从人们嘴里的"神话"，慢慢演变为村里的一个"笑话"。

人们对此习以为常了。以至于多次参与的街坊们自觉地分了工，只要小五叔一擂门求助，大家就不慌不忙地分工协作：你负责拉车、我负责打灯、他负责到医院挂急诊号。

相比于大家的冷静应对，小五叔每次都惊慌失措、痛哭流涕，好像生死离别就在眼前。后来人们也懒得安慰他了，反正过两天他就会随着小五婶的康复破涕为笑的。

因为身体的原因，小五婶不常出门，更不常串门，我极少看到她。

在我五岁那年，有一天，我和姥姥坐在家门口的树荫下，照看门前晾晒的麦子。正是麦收季节，街上除了老人和小孩，没有一个多余的闲人。

村头的打麦场传来机器"轰轰"的打麦声，即使半夜也不停歇片刻。大人们整天忙得跟火上房似的，拼命跟老天爷抢时间，连我这样的孩童也半玩闹半认真地帮着晒麦子、装袋子。

远远地，刺眼的阳光里，走来了一个人。慢慢走近了一看，是小五婶，穿着一身整洁合体的衣服，黑色的搭扣布鞋，里面是干干净净的白袜子，虽然戴着草帽，但她白皙的脸庞依然晒得通红。

"小五媳妇儿，过来歇歇。"姥姥拍着身边的马扎，招呼她。

她走近坐下，脸上一层细密的汗珠，微微喘着气。我看到她的右手背上一片淤青。

"你顶着毒日头去哪了？"姥姥问。

小五婶还没开口,两串泪珠先滚了下来:"大娘,我快不行了,刚才去卫生所打吊瓶了……"

我害怕地紧紧靠着姥姥,姥姥安慰她:"我看你的脸色儿比去年好多了。"

小五婶两条好看的眉毛拧起来,表情痛苦地捂着胸口:"昨天晚上,我睡着睡着,突然就觉着上不来气了,就这儿,像压着块大石头似的。我怕吓着小五,他收麦子累了一天,我就想着这么去了也好,不给人添麻烦……"

姥姥说:"小五媳妇,别总想那些不好的,你的好日子就快来了,闺女有份好工作,儿子也快成年了……"

小五婶眼里泛起两汪浅浅的水:"我自己的身体,我最清楚,恐怕我是挺不过秋后了……"

姥姥明白说什么也是徒劳的,只好沉默地陪坐着。

小五婶掉着眼泪,叮嘱着自己的身后事:十几年前,她就把自己的寿衣、寿帽、寿鞋都做好了,那鞋面上绣的是牡丹花,鞋底绣的是莲花。村里人也都知道,这些东西就放在她卧室的箱子里,用一个青花包袱包着。

因为怕生虫,她每年春天都会晾晒,再用包袱包好,放上两颗樟脑丸,收进箱子里,那箱子的钥匙就压在炕东头的炕席下。

秋天,收花生的时候,我又看到了小五婶。她给在地里忙秋收的小五叔和儿子去送饭。提着饭篮子,走十几米歇息一会儿,再慢慢向前走。

年初一,我去给小五叔拜年。小五婶倚着被子,半躺在炕上,微笑着给我五元压岁钱。小五婶说,小五婶年前忙着扫屋子、做馒头累着了,去医院住了三天,除夕上午才回家。

第二年的夏天,我从小五婶家门前经过,她招呼我进去吃西瓜,她说她的身体吃不了这种凉东西。

几年后,身体强壮如牛的小五叔,毫无征兆地去世了。他把家里准备过冬的白菜都搬进地窖后,突然一头栽倒在地,再也没有睁开眼睛。

葬礼上,小五婶哭得吐血,几次昏死过去。人们叹息着说,小五婶这次是真的活不长了。

第二年,小五婶的儿子结了婚,在自家院子里摆了十几桌酒席,小五婶颤颤巍巍地走到每一桌前,向客人们表达着感激之情。当天的新郎官——她的儿子,一脸不耐烦地说:"妈,不舒服你就躺着去吧。"

她怯怯地看着儿子,带着做错事要道歉的表情:"我寻思着,人家来一趟怪不容易的……"

"待会儿放鞭炮,把你又惊出病来怎么办?快进屋去吧……"儿子一脸嫌弃地轻轻推着她。

她进了屋子,透过玻璃窗看着赴宴的人们,微笑着对熟人招手。

小五婶的女儿得癌症去世时,村里人都说:这下她肯定是活不了了。给女儿办完丧事后,小五婶的头发全白了,她完全呈现出一位花甲老人的状态了。

她多次向邻里表示，恨不能随了女儿去。可是她不能死，原因是因为女儿早逝，国家每个月给她一百多元的抚恤金，这些钱虽然不多，也可以补贴儿子一家的生活；再说，孙子也需要她照看。

她的儿媳则另有一番说辞：现在的一百块钱能当钱花吗？还不够给她买两瓶药的。动不动就喘不上气儿来，一个月最少跑两趟医院……看孙子？她可真会说，连抱都抱不动，怎么看？把她自己看好就谢天谢地了……

过年时，小五婶给姥姥家送来几个包子。晚饭时，姥姥掰开包子看了看说："过年的包子，连块肉也没有，你小五婶过得不如意啊。"

儿子和小五婶分了家，在院子里砌起一道砖墙，把院子一分为二。从此，虽然住在同一个院子里，母子俩却很少见面。

姥姥去世后，我随父母回去办丧事。小五婶送来一沓纸钱，在灵前掉了一会儿眼泪，然后，她站起来告辞："地里正收花生，我去帮帮忙。"

小五婶一身的土，小五叔在世时，是从来不让小五婶下地干农活的。

曾经对小五婶那场"惊世婚礼"津津乐道的老人们，很多都已不在人世；那些曾经参与"半夜急救"的小伙子们，这几年也相继离世了好几位。可是，在儿子和儿媳厌弃的目光中，小五婶依然顽强地、脆弱地、生不如死地活着。

终于，小五婶死了。

她死于去年的中秋节前。多年前，她为自己准备的那身出殡的行头终于派上了用场。小五婶死时 76 岁，在农村，这个年龄也算是长寿了。

她死前吃下了一整瓶的安眠药。

遭遇"鬼打墙"的老牛

我曾在一家不死不活的国营单位上班,邻座就是老牛。

一听姓牛,总感觉是个彪形大汉,其实不然,老牛瘦高羸弱,说话慢声细语,不笑不说话,一笑嘴边俩酒坑。

同事们都说,老牛是个老实人,工作勤勤恳恳,不会偷奸耍滑,不会阿谀奉承,对同事体谅照顾,除了有时喝点儿小酒,他没有其他不良嗜好。

在这家企业做了十五年后,老牛才做到经理的职位,还是副的。他的薪水微薄,幸好有位开烤鸭店的能干的老婆,不愁吃穿用度,日子倒也过得舒心。

突然有一天,大清早的,老牛的媳妇找到单位来了。老牛竟然一夜未归,手机也关机,这是从未发生过的事。

牛夫人一脸疲惫,眼睛里充满血丝,坐在领导办公室里流眼泪,不知该继续等待还是该报警。

领导找来和老牛相熟的几个人,他们昨晚和老牛一起喝酒。

听他们描述，老牛平时性子蔫、没脾气，可是一喝酒就主意特大。昨晚的酒桌上，他一个人又说又唱，等到结束时，已经喝得脸色通红，舌头发硬。

最后，老牛几乎是发着火地拒绝了众人送他回家的建议，自己跨上自行车，像"踩风火轮一样"……他的朋友们如此形容……很快消失在夜色中。

在做了所有能想到的尝试之后，还是联络不到老牛，领导告诉绝望的牛夫人，报警吧。话音刚落，外面的办公区一阵骚动，老牛回来了！

但是，回来的老牛狼狈不堪，和往常讲究干净整洁的老牛大不一样：

衬衣上遍布污渍和尘土，还撕开了好几条口子，两条裤腿也开线了，皮鞋上全是厚厚的泥。阳光下，他的身体一动，周围便蓬起一阵尘土。

看到从办公室里小跑出来的牛夫人，老牛的眼圈红了。细问之下，才知道老牛昨晚遇到了传说中的"鬼打墙"。

老牛说，昨晚分手后，在亢奋的状态下，他只是闷头向前骑，等到反应过来，发现竟然骑到了县城旁边的西山脚下。

四周夜色笼罩，夏虫长鸣，除了自己别无他人，他吓得酒也醒了，赶紧掉转车头向回骑。骑啊骑啊，他鬼使神差地骑到了一条崎岖不平的山路上，来时宽敞平坦的柏油马路怎么也找不到了。

他抬头看月亮，月亮隐入乌云背后；他想打电话求助，却发现手机不知为何没电了。一切来得那么凑巧，那么诡异，老牛在恐惧中弃车狂奔。只见眼前一条隐隐发白的路直直向前，身后隐隐传来呼吸声和轻笑声。他不敢回头，不停地向前奔跑。中途他累到不行，想停下脚步，双腿却不听使唤，根本停不下来。直到远方传来一声鸡叫，老牛终于清醒过来，在朦胧的晨光中，他发现自己身处半山腰，衣衫褴褛。他跌跌撞撞地下了山，找到回城的大路，搭了一个顺风车才回到单位与我们相聚。

老牛的讲述听得众人脊背发冷。接下来的几周，我们都在讨论这件可怕而神奇的事情，并向我们的家人、朋友、同学们转述：原来"鬼打墙"是真的！

一位同事告诉我们，他把老牛的八字给了一位会占卜的老人，那位老人说：老牛天生八字弱，容易鬼上身，老牛遭此一劫，也是命中注定的事。

听说此事之后，我们单位的几位大姐，提着礼物，组团去了那位老人家中，也请他算算自己和家人的八字，请教如何辟邪、如何开运。

就在这件事情引发的风波慢慢平息之后，突然有一天，老牛又失踪了。

那天，上午过了一半，领导才发现他没来上班，也没有请假，给他打手机无人接听。这些情形，难免又让我们回想起他遭遇"鬼打墙"的经历。

正当我们试图联络老牛的家人时,领导的电话响起:老牛回来了?

哦,不,是老牛有消息了,但不能马上回来。

因为昨晚嫖娼,老牛被带到了派出所。刚才响起的电话是警察打来的,让单位领导去一趟。

之后,我再没见过一笑嘴边俩酒坑的老牛。听说他和老婆一起经营烤鸭店,生意红火,开了好几家连锁店。认识他的人都说,老牛是个聪明人。

老牛,你后来又遭遇过"鬼打墙"么?

从不亏待自己的女人

童年时,我们家属院的主妇们,背后最爱议论蒋红霞阿姨,一致的评价是:一点儿也不亏待自己。

她第一个被人诟病的,就是馋。据说,她有一天早上醒来(注:此处是"醒来",就是一睁眼的工夫,人们以此来强调她的突发奇想),突然想吃螃蟹了,于是脸都没洗,骑上自行车,到菜市场买了几只回来。蒸熟之后,上班时间也到了,于是左手一只,右手一只,一边吃着一边上班去。走到车间门口,两只螃蟹也吃完了。新鲜的樱桃、草莓上市了,多贵啊。只要想吃,蒋阿姨就几斤几斤地买,从菜市场一路吃回家,吃够为止。

她家儿子知道妈妈好吃,她爸买烤鸡回来,还没开吃呢,她儿子主动说:"爸,给我妈留着鸡大腿,她爱吃。"

第二个缺点是,好玩。吹拉弹唱,没有她不会的。她在棉纺厂上班,机器转起来,轰轰震天响,她一边看机器一边唱歌,反正声再大也大不过机器声,她高亢嘹亮的嗓音就是这么练出来的。

三八节、劳动节、国庆节、春节，单位开展文艺汇演，独唱、合唱、电子琴演奏、舞蹈，她一个节目都不落下。有一年春节，她还顶替临时生病的演员上台说了段快板，台下的领导和同事都惊呆了，她什么时候学会的？只要是跟玩儿沾边儿的事，她蒋红霞一看就会，一学就通。

单身时好玩也就罢了，有了孩子也不管家，吃完饭两嘴一抹，她就直奔舞厅去了。80年代的舞厅流行交谊舞，为了跳好交谊舞，蒋阿姨特意花钱去青岛跟专业老师学，她的交谊舞是国标范儿的，是舞厅里最出众、最引人注目的，男人们排着队邀请她跳舞，有时排一个晚上也不见得排上。我们县城有两个舞厅，她去哪个，哪个就满场，门口卖小吃饮料的都跟着发财。

有一天，蒋阿姨的妈妈追到舞厅来了，拿一把笤帚疙瘩，追得她转着圈跑。"天这么冷，孩子连件棉袄都没有，你还天天来跳舞。"

当天晚上，蒋红霞阿姨熬了个通宵，给孩子做了一厚一薄两件棉袄，第二天晚上，又准时出现在舞厅，什么也不能阻挡她跳舞的脚步。县医院的护士说，蒋阿姨的孩子生病住院时，蒋阿姨抱着熟睡的孩子在医院走廊里练舞步，全然不顾别人异样的眼神。

90年代中期，棉纺厂彻底关门，蒋红霞阿姨下岗了。事隔不久，她老公也中风了。邻居们说，蒋红霞的心多大啊，摊别人身上，愁都愁死了，她给老公洗完尿褯子，再跑去跳舞。

那会儿交谊舞不流行了，开始跳广场舞，蒋阿姨是领头的，她不去开不了场。她小小的个子，穿一套玫红色的运动装，像只蝴蝶在队伍前面翩翩起舞。

蒋阿姨的老公去世后,孩子上了大学,她又干了件让人目瞪口呆的事情。她在《家庭》杂志上,看到一则征婚启事,觉得对方条件不错,便写信过去应征,一来二去,两人竟谈出了感情。那人远在广州,希望蒋阿姨过去生活。这下,家属院里可炸开了锅。

那会儿,蒋阿姨的妈妈还在世,哭着劝她:"万一是骗子怎么办,再把你卖喽。"蒋阿姨说:"卖我?有人买吗?买我回去当妈吗?我都50多岁的人了,只听说有缺媳妇的,没听说有缺妈的。"

最后,她不顾家人和朋友的阻拦,毅然去了广州。过后不久,传回消息,她在那边生活得很不错,还和新老伴一起去新马泰旅游了。她又开始学跳舞了,不过这次跳的是难度更高的拉丁舞。

在广州生活十年之后,那位老伴去世了,因为和继子关系不和,蒋阿姨又回到老家。这不是件让人愉快的事情,但在她脸上,依然看不到一丝沮丧。同事聚会时,她仍旧是最活跃的那个。

不久,蒋阿姨添了孙子,儿媳希望她留在家帮忙照顾,蒋阿姨的儿子却第一个反对:"我妈爱玩,让她出去玩吧,憋在家里她心情不好。"

于是,在大多数同龄人困守在家中、逐渐与社会脱节时,蒋阿姨的拉丁舞培训班开业了,生意相当不错,据说一个月的收入五六千元,这在县城里是笔很不错的收入。听说,有一位当年的初中同学在追求蒋阿姨,逢年过节就给她送花。

我们大院的人们,现在再说起蒋阿姨时,总是说:"这个人啊,活出了别人两辈子的快活。"

不占便宜会死吗？当然！

朋友发来信息，她的手机不幸中了病毒，如果收到她发来的红包，千万不能点开。

看到红包却不能点开，的确是需要些定力的。

唉，我是个多喜欢占小便宜的人啊。

因为贪图一个赠送的零钱包，我买了一堆从未用过的彩妆品。那钱包，只用了一周，拉链便坏掉了，在自动售卖机前，钢镚撒落一地，我弯下腰狼狈地捡。

为了得到一个花哨的果盘，一口气买了6个酸得倒牙的菠萝，被全家人嫌弃，我只好自己默默地全部吃完，每天吃一点儿，整整吃了两周。

喜欢的衣服促销时，码数不全，买了小一号的外套和裙子。总想着某天瘦下来可以穿，直到现在，还挂在衣柜里吃土。

吃自助餐的经历在此就不细讲了，基本就是扶着墙进去，扶着墙出来。是否特有即视感？

如果把我贪图小便宜而花的冤枉钱换成钢镚，估计能绕鸟巢一周；而我所为此吃的哑巴亏，如果可以量化，一定是个深达数十米的大坑。

曾经扪心自问：为什么不努力做个脱离低级趣味的人？不贪图小便宜会死吗？

答案是：会……扼杀很多的幸福感。

喜欢占便宜的基因一定是烙刻在我的骨子里，经常控制不住它的进退。每当自认为占到一点儿便宜时，灵魂深处汹涌而来的幸福感与满足感，便将我深深淹没，不能自拔。

它们从何而来？为何而来？因为童年时没有吃够喜欢的食物？抑或是没有买到心仪的红皮鞋？再或者是时常身处不讲规则的现实中，身不由己练就的生存技能？

总之，那些遗憾和危机感铸就了需要终生填补的情感黑洞。虽然我自认为是个淡泊物质的人，不过多追求，也不会刻意俭朴，但淡泊名利与喜欢占便宜，在我看来，又好像是两回事，这真是无法解释的矛盾。

朋友听了我的自省，不屑地说："就你那点儿作为，跟我爸妈比起来，只是一碟小咸菜，我爸妈，简直是用生命去占便宜。"

去年入冬，她带爸妈去泡温泉。为了值回那两张票钱，大大小小十几种温泉池，两位老人一一泡过，桑拿房里发呆、汗蒸房中睡觉，在里面待了将近一天，人都要泡脱皮了。要不是她爸快虚脱,她妈还不出来呢。

春节时,她带父母去三亚旅游,考虑到两位老人从未见过海,朋友特意预订了五星级酒店的海景房。结果,她爸妈一进酒店大堂,就知道价格不菲,提着行李死活要走。她左哄右骗,说拿的是最优惠的价格,而且网上已交了全款,不住人家不退钱。两位老人这才心不甘情不愿地住下。

第二天,她爸妈发现楼下的自助早餐对房客是免费的,老两口兴奋得好像中了500万大奖一样。餐厅每天早晨6点一开门,两位老人就进去,不紧不慢地吃到上午10点餐厅打烊。好像每多吃一口,就能给闺女多挽回一点儿成本。

接下来大半天的游玩中,午饭和晚餐能省则省,实在饿了就吃些点心、方便面充充饥。晚上睡下时,他们在半饥饿的状态下憧憬着第二天的免费早餐,在快乐中醒来,以最快的速度洗漱完毕,然后冲下楼去。

她不止一次地发脾气,企图纠正他们的行为,但父母就像当年青春期的自己,对她的话充耳不闻。最后,她能做的只有买来健胃消食片给二老备用。

她爸说:"闺女啊,你是小时候没饿过肚子,我这辈子最喜欢的就是吃了还有,再吃还有,一直吃一直有,而且还不花钱。"

朋友说,在那几天的旅游中,迥异的热带风情、浩瀚的大海、美丽的沙滩对于父母而言,都是过眼云烟,都不如几顿自助早餐带来的快乐多。

返程时,毫无悬念地,她爸妈的行李箱中装了半箱的酒店一次性拖鞋和洗漱用品。

飞机上，她为父母的占便宜行为而生闷气。但是，当她看到邻座大姐把应交回的耳机放进自己的背包，分发饮料时坦然地拿出一个大保温杯，要求空乘倒满果汁时，她不由得释然：父母终究只是为了节俭而占点儿小便宜，却从没有去觊觎那些不属于自己的东西。

我想起大学同学，入校时坐着父亲单位的公车而来，还很不开心地说："我爸公司的会计也同车来北京看病，人多车里挤得很，真是讨厌。"

占公家的便宜，她已视为理所当然，也正是这种公共秩序的混乱，造就了几代人"有便宜不占白不占"的心理焦虑。

换个角度看，没有侵犯他人利益、没有侵占公共资源的占便宜，并非一件不体面的事，而且占便宜与节俭之间的界限，有时也很模糊。所以说，与其抵触，不如接受这世俗的快乐，享受它带来的幸福感和成就感。

改动一句名言，用在这里也不为过：当面对"便宜"的诱惑时，有足够的机敏去占可以占的便宜，有足够的勇气去拒绝不该占的便宜，又有足够的智慧去分辨这两者。

悲情不是卖点，希望才是

我认识几位中年人，在他们还是毛头小伙子时，成立了一家服务于外来打工群体的公益组织。截至目前，他们已经做了十几年的公益工作，而且意志坚定，没有改行的打算。

当初，他们二十啷当岁，凭着一腔热情，成立了这个组织。刚刚创建时，一穷二白，除了一把吉他和几颗年轻躁动的心，身无他物。

他们去工地给工友们义务演出。没有话筒，找朋友借；没有话筒架，就把话筒绑在一根立着的铁棍上。在说相声的过程中，那话筒不断往下出溜，词儿少的捧哏，时不时地，得伸手往上拽拽。

饶是这样寒酸简陋的演出，依然博得了工友们雷鸣般的掌声，这个用词无比准确，一点儿也不夸张，耳边响起的，真的是"雷鸣般"的掌声。他们经济方面的困窘，我就不做更多描述了，反正你做任何的想象都不会过分。

后来，他们陆续得到了政府和基金会的支持，度过了最艰难的时光。然而，居安思危，曾经的困境一直在促使他们考虑一个问题：能否成立一个社会企业（不了解这个名词的，可请教度娘），实现"自身造血"，不再被动地等待社会赞助？这样不但可以保障大家的生活，而且可以做更多的公益项目，使更多的工友受益。

他们的第一个尝试，是承包了一个废品收购站。刚开始，生意不错，几个人很是开心。举个例子，易拉罐回收后是要踩扁的，他们每天累计得踩上一千来脚。可是，随着夏天过去，气温下降，生意渐渐冷清下来，到春节时，已经把前面几个月赚的钱全部赔光。

接下来，他们租了一个门面房，学着做旧家具回收翻新。实践下来，却发现这个行业一是人力成本投入大，二是以次充好的现象很严重。对于后者，他们的良心根本过不去这道坎，所以又一次铩羽而归。

又经过几次的创业失败之后，最终他们选定做二手物品义卖商店。前三年赔了个底儿掉，几乎坚持不下去，直到第四个年头才缓过气来。到年底结算，盈利不到1000元，但好歹不赔了。

其中各种艰辛，在此不必赘言。

写这篇稿件时，我查阅了他们在官方网站发布的年度报告。截至2014年，二手物品义卖商店已经发展到15家，扣除各类硬性成本后，账面结余54万多元。

有了社会企业这个平台，他们安排了40余人就业，其中包括8位残障人士，而且每年都会组织面向工友的音乐会、运动会、卡拉OK比赛、图书免费借阅、摄影和写作小组、法律援助等公益活动，还有余力救助困难工友。

在实现了"政府／基金会资助"和"社会企业自身造血"两条腿走路以后,他们能够为工友做更多、更实用的公益项目,一步一步实践着创建这个公益组织的最初的理想。

他们有资格悲情,因为他们的经历实在不乏悲情。无论是自己还是身边的人,悲情对于他们是最不缺的。可是,他们偏偏就不悲情,在对他们的采访报道中,鲜见对于苦难浓墨重彩的描述,更多的是关于信心、梦想、希望、责任和实践。

我见证着他们从稚嫩走向成熟。从他们身上,我明白了一点:告诉旁观者们,我们做的是一件有意义、有希望的事,失败也好,成功也罢,都是过程中的必然。保有信心,坚持下去,这比大放悲声更有震撼力。

当方励为《百鸟朝凤》"悲情一跪"时,我又想起这几位朋友的故事。虽然影片的口碑不错,得到很多观众的支持,但我对于方励的举动是无法认同的,这与朋友圈里那些"请给我孩子投上一票"的拉票信息有何两样?

在我看来,电影可以固守自己的艺术追求,但负责电影的宣传发行必须贴近市场。《百鸟朝凤》的影片宣发,以"悲情牌"为卖点,替代了影片本身的艺术性和观赏性,用力过猛,反让我心生逃避之意。

这不是无情,而是人之本能。

方励这一跪,越发让我觉得中国文艺片正在走向穷途末路。做过那么多牛叉电影的方励,那么大的腕儿都无奈地跪了,大概文艺片在中国没有未来,没有前途,大家快散了吧。

实际情况是这样的吗？也未必吧。文艺片站着把钱挣了的也不在少数，出自方励投资之手的也不少。比如让范冰冰在东京电影节上封后的《观音山》，比如拿下6亿票房的韩寒处女作《后会无期》。

方励对于文艺片的坚持和热爱有目共睹，在无数次的失败后，方励和他的劳雷影业在电影营销思路上越发娴熟：《苹果》推出时，铺天盖地的报道把人们的视线引向"情色"二字；《观音山》上映时，一张范冰冰和导演李玉的舌吻照片占据众娱乐媒体头条……有限的宣发费用，找准一个挠到人痒处的卖点，以四两拨千斤的事件营销方式赢得大量眼球，这是方励和他的劳雷影业渐渐摸索形成的一套宣发模式，效果显而易见。艺术电影更加需要票房成功的鼓励，这无可厚非。

方励的一跪，掀起滔天巨浪，引发评论铺天盖地，《百鸟朝凤》的票房当即漂亮上扬。从这个角度评判，无疑是成功的一跪。

但"悲情"是拯救《百鸟朝凤》、救赎文艺片的最好方式吗？下一次用来把观众们送进影院的，如果不是影片本身的艺术性和观赏性，又会是什么样的情怀呢？与其让众人为这一跪到底是真情流露还是营销炒作争论不休，倒不如让我们安静地回归影片本身，评判它的优秀与不足。

如果N年后，《百鸟朝凤》还会不断地被提起，不断地作为经典影片被回放，我相信，隽永流芳一定是因为影片本身的力量，而非方励这一跪。

真的，悲情从来不是卖点，希望才是。

骗老太太上当指南

故事素材来自于我的妈妈和她的朋友们的真实经历。

第一回合

我一看这题目就怒了:"呸,我老太太有那么好骗吗?以为我几十年的饭白吃了吗?以为我没文化吗?以为我从不看新闻的吗?告诉你,《今日说法》《普法栏目剧》我一集不落,什么电话诈骗、短信诈骗、微信诈骗、融资诈骗,我全都门儿清!想骗我,下辈子吧。"

我拉着购物小推车,神清气明地出门了。今儿个天儿不错,去家乐福逛逛看有没有打折蔬菜,顺便再扯几个食品袋回来,家里都没塑料袋用了。

走到家乐福门口,一个笑吟吟的女孩拦住了我:"阿姨,我们有免费的健康讲座,不要钱!"她强调:"欢迎您来听听。"

我摆摆手,气宇轩昂地继续向前走,心里冷笑:这种招数我见多了,说是免费的,到了现场就让你买东西,我才不会上当。

"阿姨，报名就能领一袋大米。"女孩在我身后喊。

一袋大米！我停下脚步，思忖一下，留个电话能怎么地？再说，我可以留个假电话嘛，反正她也不知道。写电话号码时，我故意把尾号"7"写成"1"。

"阿姨，给您大米。"啥？这是一袋大米？这一袋大米还没我的拳头大呢，顶多八两。

"阿姨，这是正宗的东北五常大米，超市卖十多块一斤呢，吃起来可香了。"

算了，反正也是白拿。我把大米放进小推车。

"阿姨，我们的讲座明天上午举办，就在旁边的酒店，您别忘了。"

"只要来听讲座的，我们都给一袋面粉，五斤装的。"女孩补充道。

嗯？一袋面粉虽然对我有点儿诱惑，但为了避免后期更多的麻烦，我只是笑着不再说话，准备离开这块是非之地。

那个女孩换成哀求的口气："阿姨，我刚开始做这个，您就当帮我的忙，听了讲座不买东西也没关系的，把人拉到现场就算我的业绩，阿姨，请您帮帮忙，明天一定要来啊。"

我想起在北京工作的女儿，她是否也因为业绩不佳、工作不顺而这样去求过别人？如果我帮了这个女孩，也许在异乡也会有位陌生人像我这样，去帮助我的女儿。

"明天几点？"

"上午十点，阿姨，听完讲座后，你到服务台报自己的手机号和我的名字,就能领一袋面粉。"

"那明天上午就去看看再说吧,反正我是不会买的。"我心想。

女孩热情地跟我挥手说"明天见"。

唉,小女孩长得挺好看,找个啥工作不好,来当骗子,真是可惜了。

第二回合

回到家,我就把那包大米拆了,闻着味儿挺香,留着孙子周末来家的时候,给他做大米饭吃。

虽然有点儿犹豫,但想想那个女孩哀求的脸庞,而且去了白得一袋面粉,第二天早上我还是出门去听讲座了。为防万一,我一分钱没带,反正我不买你也不能把斧子架我脖子上吧。你要是耍横,哼哼,老太太我也不是吃素的。

酒店门口,昨天那个女孩满脸笑容地迎上来:"阿姨,走着来的?累不累?"说话间,还给我倒了一杯水,指指前边:"阿姨,前边有些小点心,您自己去拿着吃。"

那张放点心的大餐桌旁,围了好几圈的老头老太太,个个都跟饿了三天似的,吃得满脸饼干渣儿。我最瞧不上这种占便宜的人了,正打算走开,一个老太太走我跟前儿,递给我一碟点心:"你尝尝。"

"我不吃,谢谢,我没戴假牙。"

"你尝尝,我吃了好几块了,这是酥饼干,一放嘴里就化了,你尝尝。"拗不过她的热情,我只好拿过来。

"你也来听讲座？"她问。

我点头："你也是？"

"是，我想听听没坏处，反正我没打算买。"

"对，我也这么想的。"找到一个同盟军，我心里踏实多了。

讲座开始了，我俩找了座位一起坐下。

一开场，一个小伙子站在讲台上，中气十足地大喊："叔叔阿姨，你们好！"说完，一个90度的深鞠躬，全场掌声雷动。

接下来，是个台湾来的讲师上台讲了一通身体的原理，然后是一个新西兰来的讲师讲了一通营养原理，再然后是个瑞士来的，再再然后，是几个来自各个城区的老头老太太，上台来猛夸自己的养生之道。昏昏然地听了两个小时后，我终于明白了，他们是卖什么牛初乳的，把这玩意儿夸得跟灵丹妙药似的。

旁边那个老太太扛不住劲了，悄悄跟我说："大姐，好像效果还不错，我寻思着先买点儿尝尝。"

我内心铆足了劲，坚定地摇头："我不买。"讲座一散，她就一路小跑着去交钱了，花三千块钱买了两箱产品，还得了两袋稻花香大米。

我去服务台领了一袋面粉，准备离开。在酒店门口，我又碰见那个女孩，她还是笑吟吟的，我反而有些不好意思。

"我回家问问孩子们的意见。"我找个借口搪塞。"我理解，阿姨。"她挽着我的胳膊，扶我下了台阶。我心里有点儿不安。

"阿姨，我们这个周末有采摘活动，您来吧。"

"我没买东西，就算了吧。"我说的是真心话，既然不买人家的东西,就不好意思再见面了。

"来吧,阿姨,都是跟您年龄相仿的人,不是非得买东西才参加,这是个公益活动。"

这孩子那么热情,嘴又甜,最终我没有拒绝,报名参加了周末的采摘活动。我又重新给她留了电话,这次留的是个真电话。

第三回合

周六早上,我自己带上饭和水,来到集合地点。我又遇见了上次给我饼干吃的那个大妹子,这次我俩还坐一起。我问她吃的感觉如何。她说刚吃几天,效果还不明显,但感觉睡眠好了,一觉能到大天亮。她还说,送的那个稻花香大米是真的,不就菜光吃白饭都很香。

两辆大巴,把我们一百多个老头老太太拉到郊外的桃子采摘园。几个姑娘小伙子,从上车开始,就一直围着我们忙。又是搀扶又是送水,还给我们讲笑话;下了车,给我们找阴凉、找板凳、拍照片,忙得满头大汗。我家那几个熊孩子,好几年没陪我出来玩了,一个月见一面都难。这几个年轻人,素不相识的,为了几盒产品,就这么卖力地为我们服务,看得我怪不落忍的。

回程的车上,有不少人提出要订货。我跟旁边的大妹子说:"要不,我也买点儿尝尝?

她说:"大姐,我听说现在有促销活动,买五千块的产品,送四袋大米;买一万块钱的,送十袋大米,还给个血糖仪。"

"不不不，我没打算要那么多，要个两千块钱就足够。"我连连摆手。

"那也让他们多给打点儿折。"她一招手把那个小姑娘叫过来了。

一番讨价还价后，我决定要五千块的，小姑娘说她会送我六袋大米，外加一个血糖仪。

结局

最终，我买了一万块钱的产品。

小姑娘的领导说，给我打个VIP折扣，交一万块钱给我拿一万二的货，还送我十袋大米加一个血糖仪加一个保温袋，还有一个枣花大馒头。

番外：骗子的话

这是我这个月，签的第三个上万的大单。这个月的提成过万是没问题了。交完房租，我想再给妈妈寄两千块钱，让她去医院检查一下身体，别不舍得吃药。我已经快一年没回家了，实在是抽不出时间来，少参加一个这样的活动，我就可能少赚几千块。

庄姐过来了。"恭喜。"我递给她五百块钱，她数完放进口袋里："这老太太，一看就是抹不开面子的那种，当初我让她吃饼干，她还死活不吃，意志多坚定，到底也被咱们拿下了，哼，十个老太太里面，九个爱占小便宜，还有一个是想长生不老的。"

"铃……"我的手机响了，"妈……我胃不痛了，好多了……

不用买营养品……听什么课？免费的？还送你一口锅……不要去，都是骗人的……什么，你已经交钱了？"

手机那头，传来一个响亮的声音："叔叔阿姨，你们好！"全场掌声雷动。

妈呀……

有多少性侵假以关心之名

前段时间,朋友圈被南方报业的强奸案刷屏了。有些群众指责女孩的反应暧昧,让施暴者以为她默许了,所以事情才会发生。背后之意是:一个巴掌拍不响。

我无法揣度那个女孩当时的心理,但从我的切身经历来谈,在这种突发事件前,人真的会蒙,智商基本归零。

多年前,我采访了一位创业明星,他态度谦逊和善,恰到好处的热情让人如沐春风,回顾自己的创业历程时,他不贩卖高尚无用的鸡汤,而是总结了很多实用可行的建议,分享给读者。

在采访过程中,我无意中说起我们杂志社发起的一个创业公益项目,他听了之后,表现出浓厚的合作兴趣,并表示希望了解更多细节。

采访报道刊发后,我和他约了第二次见面。在他的办公室里,我向他介绍了这个公益项目的进展情况,并询问他是否还有参与的意向。

他微笑着看着我,突然说:"咱们去楼上开个房间吧。"

他的公司楼上,是一家酒店。

听到这话的那一刻,我有轻微的眩晕感,脑子里响起一个声音:"我一定是听错了,他是个多么稳重的人……"

我目瞪口呆了几秒,看着对面微笑的脸庞,结结巴巴地说:"有不明白的,您再联络我。"

"好。"他甚至连嘴角微笑的弧度都没改变。

他的镇定,更使我确信,我刚才一定是听错了,因为在这句话说出之前,他一直表现得非常绅士,而对他无意的我,也绝对没有流露过任何超出职业范围的言行。

我半晕着走出他四面镶嵌着落地大玻璃的办公室,突然想起在采访中曾问过他,为什么你的办公室四面都是玻璃,员工们来来往往,都能看到你在做什么?

他当时微笑着回答:"我们公司的副总是海归,他说国外公司的高管办公室都是这样设计的,尤其是我们公司女员工多,我经常要和她们单独沟通工作上的问题,这样可以避免性侵犯的嫌疑。"

多大的讽刺。想性侵,难道一定要在办公室吗?这位副总是不是他的女友或老婆?够有防范之心和先见之明。

南方报业的新闻在朋友圈里沸腾之后,一位在知名媒体工作的朋友告诉我:性侵犯这事儿,媒体从来不是净土。

刚进这家媒体集团时,她的上司,一位在业内有相当影响力的老记者,经常借着工作的名义,摸摸她的马尾辫,拉拉小手,拍拍肩膀和大腿,吓得她大夏天的不敢穿裙子上班。

后来，她找个借口调到了另一个部门，才算逃脱了虎口。即使这样，每次在杂志社走廊里碰见这位被尊称为"老师"的人，他还是会走到离朋友很近的位置，赞美一下她的穿着、胸围、小蛮腰和近来发表的稿件。

他不仅对朋友这样，对集团内所有的年轻小姑娘都这样，所以这是大家都知道的秘密。但又能怎样呢？他只是占点儿嘴上和手上的小便宜，又不是强奸谁，这位"老师"的名望又在那里摆着，所以，集团领导也就睁一只眼闭一只眼地随他去了，女孩们对他只能敬而远之。

大学时深夜卧谈，有一晚，不知怎么说到了性侵的话题，宿舍里8个女生，5个都有过被性侵的经历。

有一位舍友是在小学三年级时被同学的父亲性侵，她哭着跑回家告诉妈妈，妈妈说的第一句话就是："千万别说出去，否则你就没法做人了。"

另一位舍友是被男同学以帮着辅导功课的名义，带到公园的僻静处，上下其手。她拼命挣脱，跑回家后也没敢告诉家人和老师。

那个男同学是位"品学兼优"的好学生，第二天镇定自若地照样上学。倒是我这位舍友，吓得找借口在家里赖了一周才敢去学校。之后，两人继续同学了一年半，直至考上大学。

我们说："他当时约你去公园，你就不应该去。"舍友说："他说家里吵，公园里安静……"然后，她更小声地补充："我当时想，我这么胖这么丑，他怎么可能对我有兴趣……"

我们都沉默了。

是的,我的舍友并不好看,而且胖,在长大的过程中,想必因此受到过很多耻笑。可即使这样,被性侵的风险依然存在。显然,胖、丑,都不是能够阻挡阴暗想法的挡箭牌。

风靡一时的英国情景喜剧《极品基老伴》的第一季第一集中,维奥莱特出场,来探访两位老友,并顺便传点儿八卦。

离开前,她表示要去一下洗手间,两位老友告诉她,里面有人,是来看出租房的年轻小伙子。

维奥莱特惊讶地说:"你们让一个陌生人借用洗手间?万一他把我强奸了怎么办?"

她是认真的。

看到这里,观众都会哈哈大笑:拜托,你又老又丑,谁会强奸你?就像我的舍友所想的那样:我又胖又丑,谁会有兴趣骚扰我?

但在南方报业的性侵案发生后,我想:如果人人都有维奥莱特这样的安全防范意识,是不是受伤害的可能性就会有效降低呢?

作为母亲,我在养育孩子的过程中,反思自己的成长经历,因为学校和家庭在某些教育方面的缺失而造成我的安全底线模糊。我希望我的孩子不会这样,我希望他慢慢了解这些潜在的危险,以及发生危险时应该如何面对和化解。

我这里没有现成答案,但我希望能找到答案,我们都该补补课了。

人生无常,我们除了谴责和看热闹,总得做些什么吧。

是什么逼迫她们成为"泼妇"

每天临近中午时,七八只流浪猫——有时数量甚至更多——便从四面八方聚拢到楼下的绿化带。等一位老奶奶摆好几盆拌好的猫食和一大盆水,流浪猫们便一拥而上,把脑袋埋进盆中,大口大口地猛吃起来。

老奶奶坐在一只马扎上,叫着它们的名字维持就餐秩序:

"白三儿,起开,让花牛也吃点儿……

臭丁,来,吃这盆……

四眼灰,你再要横就不让你吃了……

如意,你怎么好几天没来了?快过来……"

阳光下,一群脏得已看不出原本毛色的流浪猫,被老奶奶像家人一样招呼着,在这个露天大餐厅里会餐,吃一顿难得的饱饭。

突然,猝不及防地,老奶奶高声骂起来,把路过的我吓了一跳。

"你们这些不要脸的,一只猫怎么惹着你们了,下这种黑手,还是人吗?真是臭不要脸啊,缺大德!"

她发现那只叫"如意"的猫，尾巴生生断了半截，伤口很齐整，像是被人用刀剁的，鲜血已经凝固成黑红色，血痂星星点点，布满了身体的后半部，令人不忍目睹。

如意拖着受伤的尾巴轻轻地哼叫着，依偎在奶奶的身边。奶奶低下头，心疼地用手轻轻抚摩它的脑袋。

"如意，见了人就快跑啊，你这个傻孩子。"

奶奶回家拿来药水和纱布，给如意处理伤口，如意身体一阵抽搐，惨叫着躲开。

奶奶扬起脸来，继续高声开骂："臭不要脸的，有人生没人教的玩意儿……"

其他已经吃饱的流浪猫，围在奶奶身边，毫不戒备地或卧或躺，在正午的温暖阳光下打盹，或是用舌头梳理自己的皮毛。

奶奶骂一会儿，歇一会儿，安抚一下如意，再骂一会儿，如此反复。

骂声里，我上了楼，走进我的家里。奶奶的骂声透过阳台而来，跟着我进了厨房，久久绕梁不去。骂人的话没有什么新意，只是不断地重复"臭不要脸的""有人生没人教的玩意儿"，但贵在坚持和嗓门大，持续了近两个小时，直至我吃完午饭。

其实，在我心里，和老奶奶一样，很想把犯下这等暴行的人揪出来批判一番。

一位同事，曾跟我说起他母亲骂街的往事。

他的母亲，骂街的本事在十里八乡都是出名的。但和他的父亲刚刚结婚时，乡邻们都没看出她有这方面的"天赋"。因为父亲"三棍子打不出个屁来"（他母亲的形容语），事事撑不起门户，任由别人欺负摆布。为了捍卫自家权益，渐渐地，在外面，母亲就由一个一说话就脸红的小媳妇变成一个骂街时毫不顾及脸面的泼妇；而在家里，她依然是一个和善的老婆和慈爱的母亲。

他记得母亲"一战成名"是在自己上幼儿园时。

村里分地，一位宗亲仗势欺人，拉拢大队干部，把本应分给他家的好地分给了那家宗亲。母亲投诉无门，就拿着一只马扎，坐在那家宗亲门口，叉着腰整整骂了一天。

中间累了就休息一会儿，渴了饿了就从随身带着的瓶子里喝点水，再吃点儿自带的干粮。

整个过程中，她的表情不气不恼，甚至还带着微微的笑意。她叫骂时思路清晰，词汇丰富，有时把看热闹的乡亲都听乐了。

那是他第一次对母亲骂街有印象，那个母亲不同于以往在家里和声细语的母亲，他感到母亲赢弱的身体里面隐藏着一股不达目的不罢休，甚至不惜同归于尽的暴戾之气。

第二天，母亲又坐到那家人的门口准备开骂。那家已出嫁的女儿从屋里冲出来，拿着棍子要和他的母亲拼命。母亲指着自己的头："大妮儿，往这儿打，早打死我早托生。"

那家的女儿比量了又比量，狠狠心，一棍子敲了下去，顷刻间，血顺着他母亲的脑门流了下来，流过鼻子，流过下巴，滴到母亲脚边。他"哇"地一声哭了，母亲的身子晃了几晃，几个人冲上去，把他母亲抬到了医院。

长大后,他跟母亲说起这段经历,母亲说:"你以为我就不想要脸吗?我们得活啊!你爸什么也帮衬不上,我就得冲上去。"

那次骂街,母亲以血的代价换回了家中的好地。这事儿,足以让他母亲有资格在家中称一辈子英雄,而他的父亲,也一直尿到现在。

骂街有多不雅,生活就有多无奈。在当时的境地下,朋友家遭遇不公却无处申诉求助。作为一介村妇,他的母亲只能借助于这种激进的方式,以头破血流的惨痛代价,为这个贫弱的家庭艰难讨回公道。

而把流浪猫视作家人的老奶奶,儿孙都不在身边,一个人打发着无聊漫长的日子。在刺耳的骂声背后,是一颗无依无靠的慈悲老人心。而那些对流浪猫施以残忍暴行的人,我自以为,怎么痛骂都不为过,怎么痛骂都不解恨。

李老爷流泪

李老爷是我姥姥村里的一位神。他是这个村里土生土长的人,虽不知他属于哪一朝哪一代,但传说他家境殷实而心怀慈悲,一生乐善好施,所以在他仙逝之后被玉皇大帝特批成为神仙,护佑这一方的平安,具体什么级别不得而知,人们都尊称他为"李老爷"。

在每代人的口口相传中,李老爷神通广大,无所不能,既有降魔除妖的本领,又能体恤众生疾苦,是一位仁义之神。听老人们说,闹义和团那年,不知从哪来了一帮强盗,烧杀掳掠,祸害一方,所到之处,无人敢挡。某天,他们杀到邻村,几乎血洗了整个村子,稍事休整后,便举着大刀片子杀气腾腾地向姥姥家的村子而来。刹那间,晴朗的天空涌起乌云,狂风大作,暴雨夹着冰雹倾泻而下,打得强盗们晕头转向,寸步难行,只好作罢。老人们说,那是李老爷显灵啊。

作为一名村级神仙,李老爷的管辖范围相当宽泛,上至人命姻缘,下至母鸡生蛋,乡亲们无不向李老爷求助。宗亲、邻里因为分家、分地有了矛盾,也会向李老爷念叨念叨:"打雷劈死这个熊玩意儿。"岂不知,那一边也向李老爷祈了同样的愿。

人们对这位出自身边的神有着天然的亲切与宽容。如果田里收成好、女儿圆满出嫁、媳妇顺利生产、生姜卖了好价钱、小孩出疹子退了烧,人们就会感谢:"多亏李老爷保佑。"如果遇上旱灾虫灾棉花收成不好,或是因为连阴天打好的地瓜干没法晾晒长了毛,人们就会骂两句:"不长眼的天老爷爷。"他们选择性地忘记李老爷是应对此负责的。

偶尔也有埋怨的,这边埋怨完了,那边听的人揶揄两句:"李老爷整天忙死忙死的,管你这些破事?快别生气了。"该烧香时烧香、该上供时上供。信李老爷的人总是信的,不如意的时候咬牙扛着,相信李老爷会看到自己的辛苦与委屈,期盼着好日子就在秋后、就在立春,就在男人年底从关外平安返回,就在大小子成人当了家,盼啊盼啊,庄稼收了一茬又一茬,孩子们长起来了,孙子孙女也会满街跑了。

向前数有30多年的时间,人们不敢提李老爷。80年代后期,村里几位老太太看风声不紧了,就在李老爷诞辰那天——据说是,无从考证——扎了个小纸人当作李老爷,供俩馒头,烧些纸钱,一起拜了拜,算是祭奠了。

明明是背着别人偷偷做的,可在村子里,永远没有秘密可言。第二年,又多了几位老人加入;第三年,几位中年妇女领着几个小媳妇也来凑热闹了,纸人扎得更大,供品更加丰富,做了一个更像样的祭奠仪式。

仪式过后,村里开始流传李老爷显灵的各种传说,有人说:我小孙子受了惊吓,发高烧昏睡不醒,我给李老爷拜了拜,孙子就退烧了,喝了一大碗稀饭。

还有人说:祭奠李老爷的时候,本来阴霾的天空突然晴朗,有那么一块云彩,特别像个白胡子老头。

之后几年,祭奠仪式越来越隆重、越来越庄严,因为这隆重和庄严,吸引了更多的人来参与。不仅是本村,邻村的人也来了,后来邻乡的人也来了,反正离得不远,李老爷就一起管了吧。

人既然来了这么多,祭奠仪式也从农家小院挪到了村外的河滩上。初夏的乡间,阳光刺眼,人们不惧炎热从四面八方汇集而来,我和姥姥在烈日下随着人流慢慢向前。只见河滩的高处,摆放着一座八抬大轿,穿着官服、表情呆板的李老爷端坐其中,夫人和丫鬟分侍两边。当然,以上都是纸做的。人们还用纸给他做了楼房、电视机、组合家具、摩托车(那时还不兴私人汽车)、牛马猪羊。在他面前,纸钱的灰烬已有一人多高,离着尚有一段距离,灼烫的空气就扑面而来。终于轮到我和姥姥了,刚刚跪下,后面就有人催促:"快点儿,快点儿。"匆匆焚了纸、磕了头,我们站起来,膝盖上的土还没拍呢,新一拨的人已经挤上前来跪倒在地。

我扶着姥姥向人群外挤去,突然,有人大喊:"李老爷流泪了。"人群一阵骚动,乌压压跪倒了一大片,在白晃晃的阳光下甚为壮观。愣神儿间,姥姥已跪下了,顺势把我也拽着跪下。我真想看看李老爷流泪的样子,可四周的人们都虔诚地跪伏在地,嘴里祈祷不停。终究，好奇心输给了畏惧心。

下午，一位远房表姨来姥姥家讨热水，姥姥问："你看见李老爷流泪了？"

"流了！真流了！"表姨拍着自己的膝盖，"老姑，我看得清清楚楚，两行眼泪顺着李老爷的脸'哗'地流下来了。"

接下来的两天，整个村子都为李老爷的眼泪而沸腾，人们奔走相告，很多人都说他们亲眼看到了李老爷流泪。因为李老爷流泪，所有关于李老爷显灵的传说就已成真，不容置疑；也因为李老爷流泪，这盛大的祭奠仪式，就更加神秘，更有必要年复一年地举办下去。

终于，李老爷流泪事件惊动了政府。一个月后，正值秋收，村干部引着一辆警车，警车后跟着一帮小孩，来到主管这事的老太太家。老太太80多岁了，耳不聋眼不花，就是背有点儿驼，正在院门口摘花生呢，一头一身的土。领头的警察告知来意：你们这是宣传封建迷信，是违法的，要拘留你们。

老太太神态从容，不慌不忙地从蒲团上站起身来，拍拍身上的土，对儿媳说："把我出门的褂子找出来。"说完，捯腾着两只小脚走到警车旁，手脚并用地爬上警车，还不忘磕磕鞋上的土，转过身盘腿坐下，说道："走！我活了这么大年纪，还没吃过官饭呢。"

公安局的几位壮汉都惊了，不知该扶着还是该拦着。俗话说：

七十不留宿，八十不留饭。这老太太到了局子里，万一有个三长两短，怎么跟家属交代？

最终，警察们好话说尽，总算把老太太劝了下来，象征性地训了村干部几句，开上车一溜烟地跑了，从此再也没来。当然，在人们看来，这件事的圆满解决，也是多亏了李老爷保佑的。

从此，李老爷名声大振。之后，不仅邻村、邻乡、县城，就连潍坊那边都有人来参加李老爷的祭奠仪式，还有人出资请县里的吕剧团来唱戏助兴。听说，乡里计划搞个与李老爷相关的旅游节，也不知搞成没有。姥姥和姥爷都不在了，我也没有姥姥家可回了，之后的事情都是听说。